野いちご文庫

わたしはみんなに殺された
～死者の呪い～

夜霧 美彩

JN177573

STARTS
スターツ出版株式会社

××××××××× CONTENTS

最終章　ユウキ

「わたしはみんなに殺された」登場人物紹介

佐久間《さくま》詩野《しの》

悪ふざけが過ぎる明美たちを注意したことで、ひどいいじめを受けるようになり、耐えきれず自殺してしまう。死後、明美たち５人を学校に閉じ込めて…？

いじめ

仲良しグループ

広樹《ひろき》

授業をサボってばかりの、ノリが軽いお調子者。明美や真理と遊ぶことが多い。

明美《あけみ》

家庭に問題があり、常にイラしている。詩野が潰れるかどうか、真理と賭けていた。

に殺された！

狛《こま》

詩野の死後、やってきた転校生。そっけなくて何を考えているのかよくわからない、謎の人物。

芽《め》衣《い》

詩野のクラスの学級委員長。明美たちを恐れ、いじめを止める勇気が出せなかったことを悔やんでいる。

智《とも》哉《や》

成績優秀な優等生。 親が厳しく、ウサ晴らしにいじめをしていた。

心《ここ》愛《あ》

見た目はふわふわと可愛いけれど、驚くほど冷たい一面を見せることも。

真《ま》里《り》

明美の小学校からの友達。ちょっとおバカで、勉強と怖い話が苦手。

デッドカース……死者の呪《のろ》い。
ある学校で、一人の少女が命を落とした。
それからしばらくして、少女のクラスメイトが行方不明になったそう。
誰かが言った。
『……デッドカース』
そう……死者の呪いだ、と。

第一章　イリグチ

ニチジョウ

『昨日、佐久間詩野《さくましの》が亡くなった』

先ほどのホームルームで担任の渡辺《わたなべ》先生が告げた言葉。

それを聞いた時、私は特別に何か感じたり思ったりはしなかった。

サクマシノ……というのは、クラスメイトの一人。

違うか。クラスメイト『だった』が正しい。

そろそろ潰《つぶ》れるかと思ってはいたけど、まさか自殺とは。

不登校になるかなぁと予想していたのに、また面倒くさいことをしてくれたものだ。

「明美《あけみ》～！　あいつ、明美の言うとおり潰れたねっ！」

「そうね……ってことで、賭《か》けてたジュース奢《おご》ってよ？」

「ふぇーい」

小学校からの友達、真理《まり》が口を尖《とが》らせて返事をする。

賭けの内容は、佐久間が〝あることに〟に一年間耐えきれるかどうか予想するという、いたってシンプルなものだ。

賭けにも勝てたわけだし、佐久間が潰れたのはいい。

だけど……これで弄《いじ》る相手がいなくなったわけだ。

「なーんか退屈ね～……。佐久間の泣きじゃくる姿、結構見物《みもの》だったのに」

「ほんとほんとー！　次は誰がいいかな……っ痛ぁっ！」

「真理ってほんとバカだよなぁ。大声で言うことじゃねーだろ」

少し思考回路が幼いと思われる真理の頭を軽く叩《たた》いた広樹《ひろき》が、呆《あき》れ顔で席につく。

「広樹もバカだよね？」

そして、広樹の前の席には、広樹と一緒にどこかへ行ってきたらしい黒縁メガネの智哉《ともや》が座る。

智哉の突っ込みはもっともだと思うよ、私。

今までに広樹がとった赤点の数は数えきれない。

「あれ、心愛《ここあ》は？」

「腹痛で保健室行ったよ」

心愛と幼馴染《おさななじみ》の智哉が答える。

名前からしてキラキラ～って感じの心愛と名前からして勉強できます～って感じの智哉は、傍《はた》から見て妙な組み合わせではあるけど案外いいコンビ。

というか二人は傍から見ても相思相愛っぷりがすごくて、基本ずっと一緒にいる。

ここにいる私を含めた四人と保健室にいる心愛は、高校生活を共にする、いわゆる〝仲よしグループ〟というやつだ。

「また仮病？　面倒くさいからってよく演技するわよね」

「私も保健室行こうかなー。授業サボりたーい！」

「あんた演技下手でしょ。……んで、広樹と智哉はどこ行ってたのよ？」

ホームルームから一限目が始まるまでの時間は短いから、席を立ってどこかへ行く人は少ない。

教室内で立ち歩くならまだしも、教室外まで行く人なんてそうそういないのだ。

「あ？　トイレだよトイレ」

「えっ、学校に来てすぐトイレ？　早くない？　広樹じいさんだー！」

「はっ⁉　なんで俺だけなんだよ！　言うなら智哉もだろーが！」

「広樹、人を巻き込むのはよくないわよ」

「そうそう、俺は誰かさんが『ついてこい』って言うからついてっただけだしね」

「智哉てめぇ……！」

「ほんとのことだよ？」

裏切りやがって、という声が聞こえてきそうな広樹の睨みを無視した智哉が、そう言ってにっこり笑い、真理と私が爆笑する。

いつもと変わらない風景。

「……どうして」

「は？」

いつの間にか私たちの席の前に立っていた……おそらくクラスメイトと思われる女子が、俯《うつむ》きながら呟《つぶや》く。

制服の襟には、キラリと光るピンバッジ。

……学級委員の証。

「どうしてあなたたちは笑っていられるの!?」

委員長が叫ぶ。

泣いたのか、その目は赤い。

……いつもは何も言わないくせに。

巻き込まれるのが嫌で縮こまっている奴《やつ》が、今さら何？

あぁ、鬱陶《うっとう》しい。

「えーと、ピンバッジしてるってことは学級委員さんかな？」

「学級委員？　あぁ、正義の味方？」

「……にしては遅いよね。もう佐久間は死んだよ」

真理の言葉を先頭に、男子二人が委員長を小バカにする。

その光景に、どこか既視感を覚えた。

これは、次の相手が決まったかな？

「何が『死んだよ』なの⁉ あなたたちが殺したようなものでしょ⁉」

いつも静かな教室が今日はいつにも増して静かだ。

やっぱりみんな、自分が一番大事。

誰も何も言わない――それを打ち破ったのは、場違いな間抜けた声だった。

「なぁに、これぇ？ みんな揃《そろ》って辛気臭《しんきくさ》いねぇっ」

ニコニコと教室に入ってきたのは、心愛だった。

その表情からは、お腹の痛みなんて少しも感じられない。

「心愛、あんた保健室に行ったんじゃなかったの？」

「ん～、寝てるのも飽きちゃったし、明美ちゃんたちといたほうが楽しいもんっ」

ぴょん、と私に飛びつく心愛はやっぱりかわいい。

凍りついた空気が、少し和らいだ気がした。

「あっそーだ！ えぇと、委員長の……芽衣《めい》ちゃんだっけ？ 今なんの話してたのか、心愛にはわかんないけど～」

そう言いながら、ととと……と委員長に近づいた心愛は、彼女にグイッと顔を近づけると……。

「佐久間ちゃんが死んだの明美ちゃんたちのせいにしたら、心愛許さないからね」

まるで無機質な音楽みたいに流れ出た心愛の言葉に、再び教室が凍りつく。

普段より何倍もトーンの低い心愛の声は、背筋がゾッとするくらい怖い。

おちゃらけた雰囲気からのギャップと言うのだろうか、とにかくすごい迫力なのだ。

「さぁて、授業も始まるから座ろっかぁ！」

パッと雰囲気を戻した心愛がにっこりと笑いながらそう言うと、ぎこちなく教室内が動き出す。

その日の教室に、私たち以外の声が響くことはなかった。


「ね、今日はみんな何時まで遊べる？」

学校帰りのいつもの寄り道。

大きなゲーセンの中で、私は智哉以外のみんなに聞いた。

智哉は家が厳しくて、ゲーセンに来ることはほとんどない。勉強勉強の毎日だ。

『いじめは勉強の憂さ晴らしだよ』と、いつかの智哉は言っていたっけ？

「俺はいつもどーり何時まででも」

「私も～。心愛も？」

「もっちろーんっ」

よかった……。

なるべく家には帰りたくないから、みんなにはできるだけ一緒にいてもらいたい。一人で時間を潰すのは限界があるし、遅い時間になればなるほど制服姿で一人でいるのは目立つ。

「ん、そーだ、今思い出したんだけどよ」

と、クレーンゲームで私が取ってとお願いしたぬいぐるみを片手に、広樹が言う。

「うちの学校、出るらしいぜ〜」

「出るって何がよ?」

「バッカお前、幽霊に決まってんだろ」

どうせそんなことだろうな、と思いながらぬいぐるみを受け取る。

クレーンゲームが得意な広樹は、お金さえ払えば取ってくれる。

今度は、心愛がお願いしているようだ。

「幽霊ね……佐久間がいるんじゃないの」

「ちょ、明美ぃ、怖いこと言わないでよっ!」

「あれぇ? 真理ちゃん怖いんだ?」

「そういえば真理って怖がりだったっけ?」

「わかってるなら言わないでぇ!」

本気で涙目の真理に、広樹がさらに追い討ちをかけるように続ける。

「なぁ、行ってみねえ？　学校」

「えっ……」

真理が、行くの？と言いたげな不安そうな目で見てくる。

佐久間は昨日死んだばかりだけど、幽霊の噂はだいぶ前からある。

間違っても佐久間ではない……はず。

そもそも、幽霊なんて信じていないけど。

「いーんじゃない？　幽霊が本当に存在するのか気にならないわけじゃないし」

「心愛もさんせー！　面白そーっ」

「え、えぇ……！　わ、私も行かなきゃダメ？」

「別に怖かったら来なくてもいいわよ。その代わり、明日たっぷり体験談を聞かせてあげるからね」

「ひっ……。で、でも、見るよりはマシ……かな？　わかった、じゃあ私は帰るね」

「おー、じゃあな」

「ばーいばーいっ」

真理と別れ、私たちはさっそく学校に忍び込む準備をする。

私は家にできるだけ帰りたくないから何も持ってこられないけど、広樹と心愛がいろいろ持ってきてくれるらしい。

いったんみんなと別れて、私は一人、集合場所の公園で考え事をしていた。

私の家はいろいろと問題がある。

まず父親は、いろいろな女と不倫している。

母親がいない時なんかには家に連れ込むこともある。

母親は昔は優しくて大好きだったけど……父親が不倫しているのが発覚した時あたりから、一気に酒に溺れるようになった。

仕事から帰ってきたらすぐに飲んだくれて、女の匂《にお》いを体中につけて帰ってくる父親と口論になり、やがて私にも矛先が向き……何度殴られたことか。

「……。考えるのやめよ……」

うじうじしていても仕方がない。

カバンからスマホを取り出して、なるべく何も考えないようにして暇を潰す。

早く次のいじめ相手を決めないと……ストレスが溜まって仕方ない。

みんなもそうなはずだ。

たとえば智哉なんかは親からの勉強に関しての重圧がものすごくて、いじめを始める前はずっとイライラしているようだった。

真理は小学生からの付き合いだけど、いまだに真理の親を見たことがない。

きっと……私と同じように、何かあるのだろう。

聞かなくてもなんとなく雰囲気でわかるその共通点がお互いを惹きつけたのか、私と真理は自然に一緒にいるようになって。

二人で遊びまわって鬱憤を晴らすようになった。

高校生になってからは、席が近くなって仲よくなった広樹も含めて、三人ではしゃいでいた。それがいじめに変わったのは……いつからだっけ。

何がきっかけだったのか、もうよく覚えていないけど、たしか私が誰かにちょっとしたイタズラをしたのがウケたのが始まりだったような……。

ただ遊びまわるより、よっぽどの憂さ晴らしになった。

それから、そのイタズラを面白がった心愛が参加し始めて……それから自然に智哉が加わった。

話してみるまでは、ただのガリ勉でいつもピリピリしているつまんない奴だと思っていたから、私たちより大胆なイタズラをしかけ始めた智哉には驚かされたなあ。

しかも、やっぱり智哉は頭がよくて、先生に何か言われても簡単に言いくるめちゃうんだからすごい。

先生が何も言わなくなっていくのも面白くて仕方なくて、いろいろな人にいろいろなことをして……。

いつの間にか、みんな笑っていた。

私は前より家のことを気にしなくなったし、智哉も智哉を心配していた心愛も……

広樹は前から笑っていたけど、とにかく、みんな明るくなった。

だけど、そのうち黙っていられなくなったのか、一人の女子が歯向かってきた。

……それが、佐久間というわけだ。

まあ、もう死んじゃったけど。

そういえば、さっきの委員長……歯向かってきた佐久間みたいだったな。

さっき感じたデジャヴは、それか。


「おっまたせぇ～！」

そんなことを考えていると、もうそんなに時間がたっていたのか、心愛の間延びした声が聞こえてきた。

顔を上げると、心愛の横には広樹もいる。

……広樹はずいぶんと大荷物だ。

「何を持ってきたの？」

「とりあえず適当に目についたもん詰めてきたぜ。ついでに、明美の分の懐中電灯も持ってきた」

そう答えながら私に懐中電灯を手渡してきた広樹のカバンは、いろいろなもので溢れていた。

懐中電灯から小型のペンライト、紙とペンはもちろん、私にはよくわからないものまで、どこからこんな探索グッズを持ってくるのか不思議なくらいに。

別に初めて行く場所じゃないんだから、懐中電灯くらいでいいと思うんだけど……まあいいか、備えあれば憂いなし、ってね。

ただ、懐中電灯だけを持ってきた心愛が一番正解だと思うけど……。

学校の前に到着し、広樹が張りきった様子で私を追い抜いた。

「さて、乗り込むか！」

「乗り込むって……そんな大層なものじゃないんだけど」

「いいじゃん？　なんか楽しいからっ！」

ニコニコしながら校門をくぐった私たち。

でも、ここで気づくべきだったんだ。

なんでこんな夜中に、校門が開いているのかって……。

ハジマルキョウフ

なんの問題もなく入れた校舎の中は、昼間よりひんやりした空気に包まれているように感じる。

真っ暗な闇の中、私たちの持つ懐中電灯だけが光を発する。

「うおー、想像以上にこえぇわ。ったく、佐久間の奴が死んでなけりゃもっと楽しかったんだろうなぁ」

悔しそうに言う広樹がなんだか面白くて、くすりと笑う。

もしここに佐久間がいたら、途中で置き去りにするんでしょ。

それとも、ロープかなんかで縛りつけて一晩暗闇の中で放置する？

「そうだ！　今度芽衣ちゃんでやろうよっ！　心愛、あの委員長きらぁーい」

佐久間ちゃんは勝手に自殺したのに明美ちゃんたちを疑うなんてありえない、とお怒りの様子な心愛が、頬を膨らませた。

やっぱり、今度は芽衣とかいう委員長が標的になるみたいね。

「それはいいけど、これからどうするのよ？　せっかく入れたのに、何もしないの？」

「んー……とりあえず校内一周しようぜ。幽霊がいたら出てくるっしょ」

「えぇ～心愛こわーいっ」

「私もこわーい」

「二人揃って潔い棒読みで……」

そんな冗談を言い合いながら階段を上って一番上の階……つまり、四階に行く。

一年の教室があるところだ。

去年一年間過ごした見知った場所なはずなのに、こうも真っ暗な中であらためて見るとなかなか雰囲気がある。

右に曲がって、教室側の廊下に出る。

「教室はさすがに開いてないか？」

「まあ、普通夜は鍵がかかってるでしょうね」

広樹の問いに答えながら、ダメ元で一番近くの教室に手をかける。

――ガラッ！

「……開いたわ」

「えぇっ⁉」

「うお！　開くのかよ」

なんの抵抗もなく、すんなりと扉が開いてしまった。

セキュリティどうなっているの……。

探索する側としてはいいんだけど。

チラッとだけ教室を覗いて、どんどん廊下を進んでいく。

この学校はロの字型の構造をしていて、正面玄関の前の階段を上って右に曲がると教室がある廊下、左に曲がると美術室や音楽室などの特別教室がある廊下に出る。

私たちは右回りにぐるっと一周することにして、懐中電灯を片手に歩いていく。

「……重い……」

「そんなにいろいろ持ってくるからよ、バカ」

「しかも、いらなそうなものばっかりだったよねぇ～」

なんて軽口を叩きながら、上がってきた階段とは逆側の階段を通りすぎて、特別教室側の廊下に出る。

「うるせぇなー」

音楽室も教室同様、当然のように開いた。

……もしかして、全教室開けっ放しなの？

なんのための鍵なのよ。

部活に入っていないからわからないけど、部活で使ったあとは鍵をかけるだろうし、最後は先生がチェックをするんじゃないの？

音楽室の扉についている鍵穴を見ながら思う。

「おー。音楽室はいい感じじゃん？　肖像画とかあって」

「七不思議に肖像画が動く～って話があったと思うけどぉ」

「……まあ、動きそうにはないよね」

「だよねぇ～」

少しは不気味に見えるものの、私たち三人以外から出る音もなければ、何かがいる様子もない。

音楽室を出てさらに進んでいくけど、やっぱり何もないまま四階を一周し終えてしまった。

不気味だったことといえば、最後に覗いた美術室にあった彫刻がこっちを見ているように見えたことくらい。

……たまたま廊下に向けて置いてあっただけだけど。

「一周しちゃったね」

「じゃ、下におりるか」

広樹のその言葉で、三人の足は階段に向く。

向く、けど……。

「……ねぇ、みんな今、足動かしてないよねぇ？」

先頭の心愛が私たちを振り向いて言う。

たしかに、私たちは誰一人地面から足を離していない。

でもなんだろう、この音。

コツコツって……足音みたい。

誰か他にもいるのだろうか？

「……もしかして、幽霊か？　いや、幽霊って足ねーよな」

「広樹……どんな典型的な幽霊よ……」

「待って、近づいてくるっ」

革靴かと思われる足音は、どんどん近づいてくる。

「……もしかして、警備員とかいるのかな」

「あぁ！　そ、そうかもぉ……！　だったらまずいよねぇ⁉」

「見つかったら説教は確実でしょうね」

「か、隠れるぞ！」

危機感が膨れ上がった私たちは、近くの教室に急いで駆け込んだ。

教室が開いていて助かった。

音を立てないように息を潜めながら、そっと聞き耳を立てる。

階段を上りきったところ……さっき私たちがいた場所あたりから声が聞こえた。

しかも……聞き慣れた声が。

「……誰かいたと思ったけど……気のせいか」

「智哉っ!?」

「え？」

思わず声を上げた広樹に、智哉の視線が絡みつく。

……なんで智哉が？

「広樹？　明美に、心愛まで……なぜこんなとこにいるんだ？」

「それはこっちのセリフよ……」

「脅かすなよなー！」と広樹が智哉に絡むけど、智哉が鬱陶しそうにその手を押しやると、広樹は大人しく手を引いた。

「俺は忘れ物をしたから取りに来た」

「忘れ物……ってまさか、そのシャーペンじゃないよね？」

「？　そうだけど、それが何か？」

いやいや、普通シャーペンを忘れたくらいで夜の学校に来ないでしょ。

しかも一人で。

「はぁ……なんか興醒めしたわ。今日はもう帰ろーぜ」

「ん……心愛もドキドキしたら疲れちゃった。智哉のせいだよ！」

「そんなこと言われてもね……」

どこか安堵したような声を発しながら、生徒玄関へ向かう。

バンバンと何かを叩くような音がするのに気づいたのは、二階まで階段をおりたところだった。

……一階から聞こえる。

「おいおい、今度はなんだよ……智哉の次は真理でもいるってのか？」

「さすがにそれは……真理はさっき帰ったじゃない」

冷や汗と思われるものを額に浮かべた広樹の言葉を、私が切り捨てる。

「……じゃ、じゃあなんの音っ？」

心愛は小声でそう言いながら智哉の後ろにそっと隠れた。

「……俺が見てくる」

すると、覚悟を決めた様子の広樹が一歩踏み出した。

でも、意外と怖がりだったのか、その声は少し震えている。

新しい一面が見られただけ、今回の肝だめしはいいものだったかな。

「私も行く」

「……怖くねーのか？」

「幽霊とか信じない派なの」

「あ〜……明美らしいな」

広樹が苦笑する。

だって私、幽霊なんて見たことないし。

見たことないものを信じて怖がれ、と言われても……とてもじゃないけどできそうにない。

つくづく、私って女の子っぽくないなぁ。

そんなことを考えながらすたすたと音がするほう……生徒玄関へ歩いていくと、近づくにつれて声が聞こえるようになってきた。

「……て、出して……！　開けてよ……！」

どこか必死さを覚える、泣き声交じりの声。

……またもや、聞き覚えがある。

「……この声、やっぱ真理じゃねーか」

「どういうこと？　なんで真理が……」

広樹と頷《うなず》き合うと、一気に駆け出す。

何があったのかはわからないけど、真理がいるという事実が足を動かした。

「真理！」

「っ！　あけ、み？」

「どうしたの？　なんでここに……。しかも、そんなにドアを叩いて……」

いつもは開けっ放しにされている生徒玄関のドア。私たちが来た時も、たしかに開いていた。

私たちに気づいた真理がそれを叩く手を止めた。

「よかったあああ……明美ぃぃ！」

「わ、何よ、何があったの？」

私に向かって体当たりする勢いで飛びついてきた真理は、私に抱きついて泣きじゃくっている。

なんとか話せる状態まで落ちつかせるのに数分の時間を要した。

でも、その間に、ゆっくりと私たちのあとについてきていた智哉と心愛が追いついてきたのでよしとする。

「うくっ……あのね、家に帰ったけど誰もいなくて……なんか、怖くなっちゃって、こんなことなら明美たちといたほうがマシだったかもって、思って……」

途切れ途切れの話をなんとか聞くけど、まだ真理の頭の中はパニックらしく、うまく話がまとまっていない。

すべてを聞き終えて話をまとめると、こうらしい。

私たちと別れて家に帰ったけど、家族は不在でなんだか怖くなってきた。ならば学校に行ってでも私たちと一緒にいたほうがマシだと考えて、学校にやってきた。

そして恐る恐る校内に入ると突然後ろで扉の閉まる音がして、振り返ると開いていた扉が閉まっていて開けようとしても開かない。

……これは、怖がりの真理がパニックを起こすはずだ。

いきなりドアが閉まるなんて、私でもたぶんびっくりする。

「なるほど……たしかに、鍵は閉まっていないのに開かないな」

智哉が確かめるように数回ガチャガチャとドアを揺らすけど、開く気配はない。

なんで鍵が開いているのに開かないの……。

「どうするのっ?」

「どうするって……出る方法を探すしかねーだろ。最悪は窓ぶち破るぞ」

「まあ……最終手段はそれだね。でも、できるだけ穏便にすませよう。先生方にバレたら、それこそホラーだよ」

智哉の言葉に全員が賛成する。

肝だめし目的で学校に忍び込んだ揚げ句、窓を割って外に出たなんて……そんなアホな話が許されるわけがない。

さすがの智哉でも、いい言い訳は思いつかないだろう。

「でも鍵は閉まってないんでしょう？　どうやって出るって言うのよ」

「……いや、閉まっているかもしれない」

「は？」

さっき『鍵は閉まっていないのに開かないな』と言っていた智哉が、扉の前で唸《うな》りながら呟いた。

しかも、なぜか立ったり座ったりしている。

スライドドアの横についているクルッと回すタイプの簡単な鍵は開いている。

時計回りに九十度回すと施錠、つまり、床と平行時は解錠だったはずだ。

今、レバーは床と平行。

「ほら、ここだ。鍵穴がある」

「え……ほんとだ！」

智哉が指さしたのは私が見ていた鍵がある位置より……もっともっと下の、地面スレスレのところ。

スライドドアのドアとドアが重なっている部分に小さな鍵穴が見えた。

……それなら、なんでいきなり閉まったのか謎だし、誰が鍵を閉めたのかも気になるけど、真理はパニックを起こしているみたいだから妙なことは言わないほうがいい。

するよ、広樹が口を開いた。

「……じゃあ、鍵を探しゃいーんだな。鍵っつったら職員室に限るよな」

「そうね。それ以外思いつかないし。……真理、立てる？　行くよ」

「うん……みんながいるから、大丈夫。ありがと、明美……」

ふにゃっと笑った真理の手を引っ張って立ち上がらせ、消していた懐中電灯のスイッチを押す。

その灯《あか》りで、職員室までの道を照らした。

「そういえば知ってるかなぁ？　職員室に行くまでに保健室の前を通るじゃない？」

心愛が、何かを思い出したように口を開く。

一階の生徒玄関を右に曲がった突き当たりが職員室。

その途中に保健室がある。

「夜中に保健室の前を通るとね、ベッドのカーテンが閉まってるのっ」

ベッドのカーテンが閉まっているのは使用者がいる時のみ。

夜中に使用者なんかいるわけがない。

「不思議に思ってじーっと見てるとねぇ……カーテンが開いてきてぇ……青白ーい顔をした女の子がこっちを見て言うの。『あなたの目、ちょーだい』って……！」

「……心愛、何それ」

「あれぇ？　怖くなかったかなっ？　この学校の七不思議の一つなんだけどぉ」

「七不思議……真理が怖がってるからやめてあげて……」

さっきから私にしがみついてカタカタと震えている真理。

悲鳴も出ないくらい怖いらしい。

「あっ、ごめんね真理ちゃん〜！　ただの七不思議だから怖がらないで！　どうせ作り話なんだからぁっ」

「作り話……だよね。うん。そうだよね……」

涙目で自己暗示するように呟く真理が、本気でかわいそうになってくる。

「おーい、何やってんだよ、お前ら〜！　早く来いって！」

「あっ、ごめん！　今行く！」

私たちが怪談話を聞いている間に先に進んでいた男子二人が、保健室の前あたりで手を振っている。

昼間はそう思わないのに、夜で真っ暗だと廊下がやけに長く感じる。

歩きながら二人を照らしていると、ふと智哉が何かに気づいた様子で保健室を指さして広樹を呼んだ。

この距離では話の内容はわからないけど、二人の動きが止まったのはわかった。

「……？　男子、どうしたのかな」

その異変に私と同じく気づいたらしい真理が疑問を口にする。

その途端、男子二人がこちらに向かって全力で走ってきた。

「逃げろ、よくわかんないけどなんかヤバいっ‼」

「は？　え、ちょ、何？」

「わ、わかんないけど、とりあえず逃げようよっ」

「う、うん」

ダッシュで私たちの横を通りすぎた男子二人のあとに続くように、私たち三人も走り始める。

さっき見た広樹と智哉の顔……なんだか、血の気が引いていた気がする。

まるで、恐怖に引きつったような顔をしていた。

そして階段を上ろうと横に曲がった時、何気なくチラリと今来た方向を見た。

その時……私は、見なければよかったと後悔した。

たった一瞬だったけど見えたもの。

腰くらいまである髪を振り乱し、こっちに向かって走ってくる女の子。

前髪もその後ろ髪と同じくらい、長かった。

その長すぎる前髪の奥には、笑顔があった。

しかも、口から血を垂れ流し、本来は眼球があるはずの場所には、ぽっかりと黒い穴が開いていて、不気味に笑いながら私たちを追いかけてきている。

何？　今の。どういうこと？

一つ確信したこと。

幽霊は、いる。

捕まったら、きっと殺されるっ‼

最後尾にいるのは私。

きっと標的は私だろう。

前を走る女子の二人を追い越すことはできそうだけど、それじゃあなんの解決にもならない。

固まって逃げていることにかわりはないから……。

バラバラに逃げたほうが逃げられる人の数は増える。

男子はもうどこにいるのかわからないくらい遠くまで逃げてしまっただろうし……。

二階にたどりつき、心愛と真理が三階に駆け上がっていくのを確認すると、私は真っ先に目についた教室に飛び込んだ。

お願い。こっちに来ないで。

どうかこのまま通りすぎて。

息を殺して廊下の様子をうかがうと、ペタッペタッとまるで裸足の人間が走っているようなその足音が、上階に上がっていくのが聞こえた。

「……っ、はぁっ」

息を殺すというより、むしろ息を止めていたから思いきり深呼吸をする。

やっぱり、固まって逃げなくて正解だったかも。

立ち上がってまわりを確認すると、そこはパソコン室だった。

等間隔で並ぶパソコン。

逃げる時は夢中で何も考えていなかったけど、ここに逃げてきたのは好都合だったかもしれない。

机もたくさんあるし、普通の教室より隠れる場所がある。

いざとなったら、掃除用具入れに隠れるのもありかもしれない。

そんなことを思いながら何気なく掃除用具入れを開ける。

「っひっ⁉」

「うわっ⁉」

掃除用具入れの中に入っていた人物を見て、思わず小さな悲鳴を上げる。

……だって、こんなところに誰かいると思わない。

「広樹……」

「な、なんだ、明美か……脅かすなよ……」

「こっちのセリフよ、バカ！」

心底ホッとしながら出てきた様子の広樹が、なんで怒ってんだと言わんばかりの視線を投げつけてくる。

広樹も、私と同じことを考えて隠れた人だったようだ。

……でも、一人じゃないだけまだ安心かな。

「もうっ……！　驚いて損したわ。ただでさえ怖いのに広樹にも驚かなきゃならないなんて」

「悪かったな、ここに隠れてて！　明美は怖くないんじゃなかったのかよ」

「あれは幽霊なんて信じてなかったからよ。だってほんとに幽霊がいるなんて思わないじゃない……」

「まあな……あれはビビッた。智哉が気づいたからよかったけど、気づかなかったらぜってぇ殺されてた……」

顔面蒼白の広樹を見て、先ほどの幽霊の姿を思い出してしまう。

……きっと今の私の顔も広樹と一緒で白いだろう。

「カーテンの後ろから急に気味悪い奴が出てくるわ目は取られそうになるわ……散々だよまったく……」

「目を取られる？」

「あぁ……『あなたの目、ちょーだい』とかなんとか言いながら笑ってんだよ。気味悪いったらねぇな……」

『あなたの目、ちょーだい』

どこかで聞いたフレーズな気がする。

それもつい最近で……。

「あっ！」

「うおっ⁉　な、なんだよいきなり！」

「あ、ごめん。それ、七不思議よ！」

「七不思議？　この学校のか？」

「そう。ついさっき心愛から聞いたの」

そうだ。

閉まった保健室のカーテン。

青白い顔の女の子。

そして、広樹が聞いたという言葉……。

さっき心愛に聞いた七不思議とぴったり合っている。

「……ってことは、この学校の七不思議がすべてわかれば、どこからどうやってどんな奴が出てくるのかわかるってことか？」

「うん、おそらくはそうだと思う」

「なんだよそれ！　そんなんネタばらししたお化け屋敷みたいなもんじゃねーか！　よっしゃ、じゃあ早く心愛を探そうぜ！」

「そうね」

調べるのもありだけど、聞いたほうが早い。

たしか、心愛たちはさっき階段を上がっていったよね。

……幽霊も、上に行ったんだっけ？

「幽霊がいるかもしれないから、ゆっくりと静かに行きましょう」

「あぁ……もう二度とあんなのと会いたくねぇよ」

廊下に誰もいないことを確認すると、私たちはパソコン室からそっと抜け出した。

ひんやりとした冷たい空気が体にまとわりつく。

『上《うえ》』と口パクと手でジェスチャーすると、広樹がこくりと頷く。

何にも出てきませんように。

その願いが届いたのか、私たちが四階にたどりつくまでは何も起こらなかった。

そして四階の廊下を見渡すと、長い髪の毛の女の子が一人立っているのが見える。

暗闇なうえ、遠くにいるのではっきりとは見えないけど、私たち五人の中で髪の毛が長いのは心愛だけだ。

「心愛！」

名前を呼びながら歩いて近づく。

すると、心愛はスッと教室を指さした。

……なんで振り向かないんだろう？

さすがに今の声は聞こえただろうし、私がいるって気づいているはずなのに……。

そう思った瞬間、心愛が走り出した。

「心愛っ⁉ 待ってよ！」

「あ、おい待てよ明美！」

慌てて心愛のあとを追いかけるけど追いつくこともできず、しかも暗闇のせいで見失ってしまう。

なんで逃げるの……？

さっきの幽霊がいるかもしれないし一人じゃ危なすぎる。

立ち止まると、すぐに広樹が追いついた。

「えと……下？ それともどこか教室に入った？」

「なんだ？　心愛がいたのか？　悪い、暗くて見えなかった……」

「……まぁ、仕方ないよね。それより、さっきこの教室を指さしてたんだけど……何かあるのかな」

「……覗いてみるか」

そーっとドアを開ける。

四階は一年生の教室だから、私たち二年生にはあまり関係のない教室。

入ったのは一年三組だった。

ここからではよく見えないけど、机の影に人の足らしきものがある。

誰かがいる。

廊下と変わらない、ひんやりとした空気が漂う中、机と机の間を縫うようにして教室の奥のほうへと入っていく。

「……広樹」

「ん、どうした？」

徐々に鮮明に見えてくる人の姿に、鳥肌が立ってくる。

細い足首……おそらく、女子だ。

でも、膝が明らかにおかしな方向に曲がっている。

肉から突き出た白い……たぶん、骨。

上半身と下半身は別々になっていて、今気づいたけど教室の中は真っ赤に染まっている。

まるで、血を擦りつけたように、赤くて、赤くて……！

「き……きゃあぁあぁあぁあぁ⁉」

ぐっと胃の中身が込み上げてくる感じがして、真っ赤な床の上をさらに汚していく。

鉄のような血の臭《にお》い。

赤い液体でどっぷり染まった長い髪。

切り離された肉の断面。

ネジ曲がった、もはや人間として見られない物体……。

気持ち悪い。

気持ち悪い……。

気持ち悪い……！

「うぇぇぇえっ！　ゲホッ……」

「明美？　大丈夫か⁉」

「ゲホッゲホゲホッ……うっうぇぇっ」

吐き気が止まらない私の腕を、誰かが掴んだ。

それすらも得体の知れない恐怖に思える。

「いやっ！　離して！」

「ちょっ……おい、明美⁉」

「やだ！　私はまだ死にたくない！　やだやだやだやだやだ‼」

「どうしたんだよ！　俺はお前を殺したりしねえよ！」

「離してえええっ！　いやあああああっ」

無我夢中でその腕を振り払って教室を飛び出すと、さっきまで何もなかったはずの廊下には血の臭いが充満していて、床や壁は真っ赤に血塗られていることに気づいた。

吐き気が、さらにひどくなる。

「何よ！　なんなのよこれっ⁉　さっきまではなんともなかったじゃない‼」

今すぐ吐き出したい気持ちを抑えて、必死に走る。

階段をおりたり上ったり、迫ってくる恐怖から逃れようと滅茶苦茶《めちゃくちゃ》に走り回る。

どれくらい走ったのか、前方に長い髪の毛をした女の子が見える。

心愛だ。

よかった。知っている人がいる。

私は一人じゃない。よかった……。

「心愛……っひっ⁉」

違う。心愛じゃない。

そういえば、今日の心愛は髪の毛を結んでいたはず。

なのに、なんで気づかなかったんだろう。

なんで、あいつが……佐久間が振り向くまで、気づかなかったの……⁉

「さく……佐久間……っ⁉ なんであんた、生きて……っ」

そこまで言ってハッとする。

さっき見た幽霊。

今、目の前にいる佐久間。

……同類？

「……明美」

ぽつりと呟いたその声は、やっぱり佐久間だ。

だとしたらヤバい。

佐久間をいじめていたのは私たち……これは、復讐だって言うんじゃないの？

こんな状況下に似合わないくらい頭がフル回転する。

それに反して、体は硬直してピクリとも動かない。

「私をいじめた……明美」

「や、やめて……」

ゆっくり、静かに近づいてくる佐久間。

かくん、と膝の力が抜けて、立っていられなくなってしまった。

残るのは、ぽろぽろと流れる涙だけ。

「……私が、何回『やめて』って言ったと思う?」

「あ、ぁっ……ごめん……ごめんなさい……」

「……こんな時、あなたたちなら……なんて言うかな」

ぼそぼそと話しながら近づいてくるその姿は、恐怖の対象でしかない。

唯一の救いは、外見は普通のボサボサ頭の女の子であって、グロテスクなものじゃないこと。

「……『ごめんですめば警察はいらないのよ』……かなぁ」

「ひっ……⁉」

「ふふっ……あなたでも、怖がるんだね……ばいばい、またあとで」

スローモーションのように見えたのは一瞬で、うれしそうに微笑《ほほえ》んだ佐久間の手が私の顔に迫る。

嫌だ。怖い。まだ死にたくない。

「さく……っ佐久間……っ! ごめんなさい……ごめんなさい‼」

叫びながら、迫りくる手を見つめることしかできない私。

恐怖に耐えられなくなった私はぎゅっと目を瞑《つぶ》って……次の瞬間、私のまわりは、まるで最初から何もなかったかのように静まり返っていた。

「……え？」

先ほどまでずっと見えていたどす黒い血は、跡形もなく消え去っている。

佐久間も、佐久間の手も、一瞬で消えた。

ただ、暗い空間が続く廊下に震える私がいるだけ。

「……私、生きてる？」

てっきり殺されると思っていたのに。

さっきまでの恐怖が嘘のように消えていく。

「ははっ……生きてるよ」

頬をつねって痛みを感じると、余計にそれが現実だと実感できた。

疲労からの幻覚。

きっと、そうだろう。

今じっくり思い出してみると、たしかに広樹は何も見ていないような感じだった。

広樹だって死体を見て声を上げないような人間じゃない。

私にだけ……見えていたんだろう、たぶん。

……こんな幻覚を見るなんて。

私は、心のどこかで佐久間に罪悪感を抱いているのだろうか。

私でも怖がるんだね……か。

自分でも、こんなに取り乱すことがあるなんて思わなかった。

幽霊なんていないと思っていたけど、いるとなったら……幻覚じゃなくて、本物の佐久間の幽霊もいるのだろうか。

そう考えた瞬間ぶわっと鳥肌が立つような感覚がして、無理やり考えるのをやめた。


「……あ、そういえば広樹とはぐれちゃったんだっけ？」

体の震えをどうにか堪えて立ち上がる。

広樹のところに行く前に、この震えをなんとかしなきゃ。

あの教室を思い出すと正直ゾッとするけど、きっとあの死体はもうない。

……いや、元からなかったんだ。

私が……あるって思い込んで見ていただけ。

仕方がない。どうにかして戻ろう。

そばにあった図書室を目印にここが三階だと判断した私は少し休憩したあと、広樹と合流するべく四階を目指した。

どうにか震えを止めて教室に戻ると、中からは話し声が聞こえた。

聞き慣れた声に少し安心して、扉を開く。

「広樹……」

「お？　あぁ、明美！ったく、なんだったんだよ、さっきの！　結構ビビッたんだぜ？　死にたくないとかなんとかってよ……いきなり吐くし……」

「ごめん……私もいろいろびっくりして気が動転してたみたい。……でも、もう大丈夫だから」

広樹の出迎えを受けて先ほどの教室に入ると、やはりそこに死体はなかった。

代わりに、智哉と心愛が増えている。

「あれ、二人とも合流できたんだ！」

「まぁ……明美の悲鳴を聞いて、どうしたことかと駆けつけてみれば途方に暮れた広樹がいるんだから、いろいろびっくりしたよ」

「うんうん、心配したんだよっ？　明美ちゃんが無事でよかったぁ！」

どうやら、智哉と心愛は一緒にいたようだ。

……ということは、四階で見た教室を指さした女の子は……佐久間や死体と同じ、幻覚だったのか。

……もしかすると、あれも佐久間の幻覚だったのかもしれない。

「さて……あとは真理か」

「あ、そういえばだけど、心愛、七不思議のこと教えてよ」

「えぇ？ いきなりどうしたの？」

「いーからいーから！」

「うん……？ 音楽室の肖像画が動くとか、理科室の人体模型に追いかけられるとか。あと、誰もいないのに鳴り響くピアノの音とか？」

「なんか、ありきたりね……」

「具体的なのは、さっきの保健室のやつしかないよ～？」

まさか、あれは偶然だった……とか？

なんの根拠もないけど、そんな気がしてきた。

「とりあえずは真理を探して、それから職員室だね。また保健室から何か出てこないといいんだけど」

「ちょ、智哉それはシャレになんないから言うな！」

「ははーん、広樹くん怖いんだぁ」

「ったりまえだろ。死ぬぞ、あれ！」

「あれ？ 考えてた反応と違うなぁ」

幽霊を見ていないであろう心愛はともかく、智哉と広樹も合流したことからか軽口を叩けるくらいは安堵しているらしい。

真理は……一人になって泣いているだろうなぁ。

「あ～、そういえば心愛、真理ちゃんの居場所を知ってるかも～」

「え、ほんと？」

「うんー、なんかさっきよくわかんないけど逃げてたでしょ？　その時、真理ちゃんとは三階で別れたの。だから、三階にいるんじゃないかなぁ」

「ナイス、心愛！　よし、そうとわかったらさっさと行こうぜ！」

広樹が、カチリと懐中電灯の灯りをつけた。

それにならって、全員がスイッチを押す。

「ん～……心愛の、電池切れちゃったみたーい」

唯一、カチカチと何回もスイッチを押していた心愛が、ため息をつく。

電池切れって、こんな時に限って起こるんだよなぁ。

一つくらい懐中電灯がなくなっても実質あまり影響はないので、そのまま移動する。

無事に真理と合流して、職員室に鍵を取りに行って、肝だめしは終わり。

私は、楽観的に考えすぎていた。

さっきあんな目に遭ったのに。

膨らんだ安心感が仇《あだ》になるなんて、この時はまだ考えていなかったんだ。

ヒトリ、マタヒトリ

異変が起きたのは、私たちが移動を始めてすぐ、三階におりる階段に差しかかった時のことだった。

――カシャン！

真後ろから聞こえた、何かが落ちる音。

「きゃあぁあっ⁉」

みんなが振り返ったのは、電池切れの懐中電灯を落とした心愛が叫んだあとだった。

短い悲鳴のあと、その場には静寂が戻る。

私たちの視線の先には、灯りのつかない懐中電灯が一つ。

心愛が、いない。

「っ、心愛っ⁉」

智哉の動揺した声が虚《むな》しく廊下に反響するだけで、心愛の耳には届くことがなく、消えていった。

智哉がおりかけた階段を駆け上がって、まわりを見渡す。

私たちも智哉に続き引き返して四階の廊下を照らしてみるけど……人影は見えなかった。

いくら暗いとはいえ目も慣れてきているし、この一瞬で行ける距離くらいなら見えるはずなのに……まるで心愛は消えてしまったかのようになんの物音すらしない。

今の私たちが理解できることは、心愛がいないということだけ。

どうして急にいなくなった？

どこに行った？

何を見て、何を感じて叫んだ？

何？

いったい、何が起きたの？

突然の出来事に、私たちはそこまで考えることができずにいた。

「……血だ」

「え？」

ボーッとしていた私の思考を引き戻したのは、智哉の声だった。

切羽詰まったような、絞り出すような声。

「懐中電灯にも……そのまわりにも、血がついてる」

智哉の持つ懐中電灯が照らす心愛がいたあたりの地面には、真っ赤な液体があった。

考えたくないけど……心愛のもので、間違いないと思う。

突然、幼馴染が消える……高校で知り合った私でも動揺するくらいだから、智哉のショックはひどいだろう。

智哉は何よりも心愛を大事にしていたから、そのショックは計り知れない。

「……」

さっきまでの明るい空気から一転、全員が言葉を失う。

だけど、このままここにいたら、また誰かがいなくなってしまう気がして……私は重い口を開いた。

「……だ、大丈夫よ……心愛は生きてる……。きっと、私たちを驚かせようとしてるだけだよ……もし違っても、私たちが心愛を助けるんでしょ……。で、無事に帰るの……！　そうでしょ……！」

そして、無理やり笑顔を作る。

少しでも場を明るくしないと……心が壊れてしまいそうで。

「……あぁ、そうだよな……俺たちが……」

「……ここでじっとしていても何も始まらない……そうだよね。うん、ありがとう、明美。俺は心愛を助ける……絶対に！」

「智哉だけじゃないよ。私たち……全員でここから出るんだからね」

私の言葉に二人が頷く。

よかった……。少し、明るさを取り戻せたみたい。

それから三人で相談した結果、私と広樹は真理を探すことになり、智哉は心愛が心配で耐えられないのだろう、一人で心愛を探すと言い張った。

正直、智哉までいなくならないか心配だったけど……真理を放置するわけにもいかないので、智哉の案を了承した。

私と広樹はまた二人で行動だ。


「……」

智哉と別れ、広樹と二人で三階の教室のドアを一つずつ開けていく。

お互いに無言だ。

ここは二年生の教室がある階だから、昼間に見飽きるほど見ているはずなのに……まったく知らない場所に放り出された気分になる。

——ガタンッ！

「ひっ」

「すまん。俺だ」

「あ……そ、そう」

少しの物音でも驚いてしまう。

広樹が机にぶつかった音だと知ると、バクバクとうるさい心臓が少し治まった。

広樹が意外と怖がりだった、と少しバカにしていた私はもういなくて、自分でも嫌になるくらい周囲の変化に敏感な私がいる。

教室に入るたびに思い出される幻覚。

もしかしたらここでも死体が見えるんじゃないか——なんて考えてしまう。

完全にトラウマだ。

逆に、広樹はあまり怖くなさそうな様子。

余裕があるとは言えないけど、先ほどより心なしか落ちついているように見える。

順応、と言うのだろうか？

私もできれば早く順応したいけど……それは願ってできることでもない。

怖いものは怖い、トラウマなものはトラウマなのだ。

せめて、会話があれば……。

そう思い、思いきって口を開く。

「広樹は……怖くないの？」

「は？　それ、さっき俺がお前に聞かなかったか？」

「……そうだっけ」

あ、そういえば聞かれた気がする。

私は『幽霊とか信じない派なの』って答えたんだよね。

そうだった……しかも、ついさっきのこと。

……いろいろありすぎて、時間の感覚が狂っている。

「そりゃ……こえぇよ。怖いに決まってんだろ、あんな化け物を見ちまったんだし」

「だよね……けど、なんかそう見えないな」

「まあ。……だって、お前怖いんだろ？　パニックになるくらいさ」

「……えぇ」

「なら、俺は怖がってる場合じゃねーんだよ」

「？　どういう意味？」

「だから。俺はお前のことが好きなんだよ、明美」

「……え？」

どくん、と心臓が跳ねた。

思わず顔を上げると、広樹は冷たい空気には似合わないような真剣な目をしていて、それを見ていたら、さっきから恐怖で不規則に動いていた心臓が、正確に動き出したような感覚がした。

「お前が怖がってんなら、俺が支える。幽霊相手でも、絶対に明美を守る。……お前がパニックを起こして教室から出てった時、決めたんだ」

「広樹……」

広樹の言葉は、私の心にしっかり届いて深くまで沁《し》み込んでいく。

「だからさ、一人で抱え込まないで頼れよな」

ふいに、ぎゅ、と広樹に抱きしめられた。

……温かい。

広樹に触れた部分と……頬が、温かい。

ずっと抑えて、何もないふりをしてやりすごしていた体の震えが、ふっと治まった気がした。

「ひろ、き……ありがと……」

「あぁ。……こんな時になんだけどさ……俺、今ちょっと幸せかも。こんな目に遭わなかったら、たぶん想いを伝えることなんてなかったから」

広樹が、肩ごしに笑う気配がした。

つられて私も少し噴き出す。

「……ふふっ、何それ……」

「だってよー……お前、恋愛とか興味なさそうじゃん……」

「なんでよ……私も女だって」

たしかに彼氏なんかいたことなかったし、好きな人を作る気もなかった。

……両親を見ていたら、恋愛とかくだらないものに思えて。

けど、今……たしかに私の心は幸せを感じている。

「おう……知ってる。なぁ、明美。約束しようぜ」

「……約束？」

「絶対、生きてここから出よう。そしたら……俺と付き合おう？」

「……うん。ありがとう、広樹。絶対だよ」

それから、指切りなんて子供っぽい約束をした私たちは、手を繋《つな》いで教室を出た。

少しでも、お互いの恐怖を和らげるように。

少しでも、お互いの体温を感じていられるように。

私は一人じゃない。

怖さも二人でなら薄められる。

さっき合流した時の智哉と心愛がどこか余裕ありそうに見えたのは、お互いが隣にいたからだったんだろう。

でも……佐久間は、一人ぼっち、だったんだよね……。

「……ひっく」

手を繋いで歩みを進めていた私たちは、すすり泣くその声を聞き逃さなかった。

……声は、理科室から聞こえる。

やっぱり、心愛の言うとおり三階にいたんだ。

「真理！」

「っ！　明美‼　広樹‼」

泣き腫らした真理の顔は真っ青で、よほど怖かったことがうかがえる。

生徒玄関で会った時のように抱き合った私と真理は、安堵の声を漏らし合った。

「よし、これで揃ったな。あとは心愛だが……」

「何っ⁉　心愛がどうかしたの⁉」

「うおっ！」

軽くパニックを起こしている様子の真理が、広樹に食ってかかる。

広樹が説明すると、真理はさらに顔を青くさせた。

「何それっ……早く心愛を助けなきゃ……」

「……うわあぁぁぁあああぁぁあっっ‼」

「っ⁉」

今の声……智哉？

悲鳴というより叫びといったほうが正しいような……裏返った男の声が響き渡った。

上から……四階からだ。

まさか、何かあったの⁉

「な、何⁉　何っ⁉」

「真理、早く！　行こう！」

「えっ⁉」

「早く！」

真っ先に理科室を飛び出していった広樹の背中を追いかけるようにして、私は真理の手を取りながら走る。

階段を駆け上がり、突き当たりを左に曲がり音楽室がある廊下に出る。

──ふと、前を行く広樹の背中が止まった。

ちょうど音楽室を覗いている形で、この距離からでもどこか険しい顔をしているのがわかる。

「……真理、止まって。何か……おかしい」

この角度からでは音楽室の中はまったく見えないけど、広樹がじりじりと後ずさるのを見て動きを停止する。

そして、広樹が素早く方向転換すると、走って引き返してきた。

何かを叫びながら……そう、保健室の時のように。

「明美！　真理！　来るな‼　逃げろ！　今すぐだ！」

「……っ、わかった！」

「えっ？　え？」

「いいから、広樹を信じよう。早く逃げよう！」

「う、うん……」

ほんとは、なんで？とか、何があったの？とか、聞きたいことはたくさんある。

でも、広樹が逃げろと言うのなら……私は信じる。

状況をのみ込めていない真理の手を引いて、素早く階段をおりたのだった。

近くの教室に身を潜めて耳を澄ませていると、今私たちがいる三階を通りすぎて二階……一階……と遠ざかる二つの足音が聞こえた。

一つは広樹だとして……もう一つの革靴のような足音は誰のもの？

まさか……さっきの保健室の奴がいたとか？

いや……あれの足音は裸足のような音だったはず。

じゃあ、他にも何かいるの？

「明美……何がどうなってるの……？」

「わからない。でも……音楽室にたぶん何かいたんだと思う」

「何かって……で、でも、今、下に行ったよね？　大丈夫だよね？」

「大丈夫、広樹が引きつけておいてくれるはずだから……その間に音楽室に行こう」

「えっ!?　音楽室に行くのっ？」

「そう。広樹が引きつけてる『何か』がいたのは音楽室でしょう？　そして、智哉の悲鳴も音楽室のほうからだった……」

「……智哉が、襲われてたかもしれないってこと？」

「そういうこと。助けなきゃね」

安心させるようにニコッと笑うと、真理も微笑み返してくれる。

まわりの音に気を配りながら、教室を出て再び音楽室へ向かう。

なんの異変もなく音楽室の前まで来られたのはいいけど、問題はその音楽室の中だった。

二人で中に足を踏み入れると……絶対に見たくなかった、赤いもの。

「ひぃっ⁉」

「いやぁっ……⁉」

私も真理も、短く悲鳴を上げてへたり込む。

さっきの幻でもそうだったけど、人っていざ死体を見ると声が出ないものなんだね。

怖すぎて、何がなんだかわからないって感じかもしれないけど……。

そんなことを考えながらも再び赤いものに目を向けると、そこには、血まみれの心愛がいた。

「うぇっ……！」

隣にいる真理が、込み上げてきたものを抑えるように口を押さえる。

その姿は、さっきの私とぴったり重なった。

私は……気持ち悪いし、怖いし、体は震えているけど……一度幻で死体を見ているせいか、今回は吐くことはなかった。

「……真理、いったん出よう」

静かにそう言うと、私は真理を連れて音楽室を出た。

今になって、つんと鼻にくる鉄の臭い。

それに混じって、涙が出てきた。

やっぱり悲しいよ。

心愛は、どう考えてももう息をしていない。

あんなに血まみれで、パッと見ただけでも死んでいるってわかった。

友達が死ぬのは、悲しい。

でも、どうして……？　どうして、こんなことになったの？

「……真理はここで待ってて」

「え……明美、どこ行くの……？」

「……もう一回、見てくる。何かあるかもしれない……」

正直、直視できる自信はない。

それでも、広樹からの告白のおかげか正気を保っていられる気がした。

真理を廊下に残して、一人で血生臭い部屋に入る。

「うっ……」

大丈夫だと思っていたのに、込み上げてくる吐き気。

でも、さっき大半の胃の中身を吐いてしまったから出てくるものは何もない。

なるべく死体だと意識しないようにしながら、心愛を懐中電灯で照らす。

ごめん。ごめんね、心愛。

助けてあげられなくて……ごめん。

ぱっくり裂けた喉から流れ出た血は、生々しいほど懐中電灯の光を反射している。

長くてきれいだった髪の毛はバサバサに千切られていて、見るも無惨な形になっている。さらに、髪同様に切られたというより千切られた感じの体の一部は、小さな肉片としてあたりに散らばっていた。

こんなの、人間がなせる業《わざ》じゃない。

人間が人の髪や体を千切るなんて……無理だ。

「……ん」

心愛の手は片手……右手が見当たらないことに気づいた。

肩から切断されているようだ。

ふいに残っている左手を見ると、銀色の何かが握られている。

私は恐る恐る心愛の死体に近づき、手からはみ出た銀色の物体を持ってゆっくりと手から引き抜くと、それは血まみれの鍵だった。

プレートに書いてある文字どおり、たぶん図書室の鍵。

どうして心愛が図書室の鍵を……？

「……ごめんね心愛。これ、貰ってくね」

一言そう声をかけてから、鍵を持って音楽室を出る。

「あ……明美……心愛、やっぱり……？」

「……うん。ダメだった」

真理の元に戻った私は、心愛のこと、心愛が持っていた鍵のことを怖がらないように話した。

「……そっか」

そして、「じゃあ心愛の分も……生きて帰ろう」と真理は寂しそうに笑った。

ここでくじけたら、私たちまで死んでしまう。

まずは広樹と智哉を探さないと。

広樹は心愛の死をたぶん知っているけれど……智哉が知ったらどうなるだろう。

智哉は心愛のことが大好きだったから、悲しくてたまらないだろう。

最愛の、幼馴染の死。

それは、私には想像できない感情を生み出す原因となるかもしれない……。

「……二人を探そう」

私たちはどちらからともなく立ち上がると、震える体で歩き出した。

「明美……どこ行く？　二人は、どこにいるのかな……」

「……そうね……足音は一階に行ったはずだから……一階にいるのかな？　少し危険かもしれないけど……」

「……仕方ない……か。うん。もう、怖いとか言ってる場合じゃないよね。私、もう泣かないよ……行こう、明美」

「真理……うん。行こう」

怖がっている場合じゃない……。広樹もそう言っていたよね。

それでもきっと真理は怖いはずだから、私がしっかりしなきゃ。

明るく振る舞って、ほんの少しでも真理を元気づけられたらそれでいい。

そんな決意を胸に、階段をおりていく。

一階まで無言で来た私たちは、無言のまま一つ一つ教室を覗いていく。

一階は生徒玄関や空き教室、あとは家庭科室や保健室や職員室など。

何年何組といった教室は一つもない。

「あ……明美！　待って！」

空き教室を覗いて次の教室に行こうとした私を、真理が呼び止める。

「どうかしたの？」

「うん……その、それって……血、かな？」

明らかに恐怖を含んだ声を出す真理の視線を追うと、その床にはベッタリと赤い血がこびりついていた。

何かを引きずったような血の痕。

まさか……広樹じゃないよね？

「……たどってみよう」

なんだか嫌な予感を感じつつ、ずるずると続く血をたどる。

それは案外近くから続いていたようで、たどりついた先は家庭科室だった。

「……真理、開けるよ」

「……うん」

中に何かがいても気づかれないよう、そーっと扉を開けて、中を覗ける程度の細い隙間を作る。

……。

……何もない？

隙間から中を覗いても何も異常は見られず、勇気を出してガラリと扉を開けた。

たしかに血はある。

でも、そこで途切れているだけで、死体はない。

……まるで、そこから引きずり始めたような……っ、そうだ！

ここまで引きずってきたんじゃなくて……逆だ！

もう一方。

この血の線のもう一方の端はどこ？

「あ、明美っ⁉」

走って家庭科室を出た私に驚いたのだろう、真理が声を上げる。

でも、構ってなんていられない。

もしかしたら広樹がいるかもしれないのだ。

全速力で走り、血痕が続いている教室……入ったこともない生徒会室の扉を勢いよく開ける。

バンッ！と大きな音が響いて、中にいた人がこちらを振り向いた。

「……とも、や……？」

見覚えのある黒いメガネ。

間違いなく智哉だ。

無事だったんだ……！

「明美、いきなりどうし……智哉っ？」

追いついてきた真理も、智哉の姿を認識した。

自然と、笑顔がこぼれる。

「よかった……智哉、無事だったんだね！　血が続いてたけど、もしかしてどこかケガでも……」

笑顔で駆け寄っていった真理が、突如言葉を失った。

うっ、とくぐもった呻《うめ》き声。

私の目の前にある背中がぐらりと揺れて……そのまま、地面に倒れ込んだ。

「……真理？」

「あああぁあぁあああぁぁぁあっ‼」

「真理？　何、どうしたの……？　なんで？　なんで……」

なんで？

わけわかんないよ。

私は智哉を見つけたよ。

そのあとから生徒会室に入ってきた真理はうれしくて、智哉に駆け寄っていったんだよ？

なのにどうして……どうして、真理のお腹には包丁が刺さっているの？

「あ……ぁ……」

「ぎゃああああぁあっ、あっ……あぁっ……」

苦痛に泣き叫ぶ真理を、腰が抜けた私はただ呆然と見るしかなかった。

だって信じたくない。

智哉が真理を刺しただなんて。しかも、その包丁を抜いた智哉が、今も真理にまたがって何度も真理を刺しているなんて。

「あっ……あ……」

刺されているうちにどんどん短い声しか上げなくなった真理は、そのうち何も言わなくなった。

それでも智哉は、まだ真理をグサグサと刺している。

真理を刺す前から血で染まっていた智哉の服が、真理の血でさらに真っ赤に染め上げられていく。

「……なんで」

頬を、冷たい涙が流れていく。

「なんでなんでなんでなんでなんでなんでなんでなんでなんでっ⁉」

何も考えられなくなって、ただ頭に浮かぶその言葉だけを繰り返す。

どうして？　なんで？

なんで真理を殺したの？

どうして真理は殺されなきゃならないのよ‼

真理は怖いのに笑ってくれて……怖がっている場合じゃないって、私に希望を与えてくれたのに……。

どうして⁉

「あぁ……もう死んだんだね」

残念そうに、だけどうれしそうに呟いた智哉。

憎い。こいつが憎い。

なんの罪もないのに……どうして真理を‼

「智哉ぁ……っ‼」

「あはは っ……次は……明美だね？」

智哉の虚《うつ》ろな目が、私に向けられた。

次は私？

ふざけている。なんなのよこいつ。

「なんでよっ‼ なんでこんなことするのよっ‼ 友達を殺して……しかも笑うなんて……最っ低‼」

「友達……うん、そうだよね。明美も、心愛の友達だよね？ なら死んでよ……心愛と一緒にいてくれるでしょ？」

「……心愛？」

「あぁ……ははっ……心愛がいない世界なんて、なんの価値もないよね……そう思うでしょ、心愛……」

虚ろな目は、私から智哉の左手に移った。

そこに握られていたのは……右手？

まるで恋人繋ぎのように繋がれているけど、その右手は肩より上がない。

ここまで繋がっていた血は……それから流れたもの？

……そういえば、心愛の遺体には右腕がなかった……。

「智哉、まさかそれ……！」

「はぁ？『それ』って何？　心愛のこと、物みたいに言うのやめてくれる？　心愛はかわいくて、俺の自慢の幼馴染で……貶《けな》すものはすべて排除してやるよ‼　あははははっ！　あははははははははははははははははははははははははっ‼」

……やっぱりだ。

智哉も心愛の、あの姿を見てしまったんだ。

だからって右腕を千切る？　しかも真理を殺す？

狂っている。智哉は、狂っている……！

逃げなきゃ真理みたいに殺される。

狂ったように笑っている今のうちに、逃げなきゃ……‼

私は急いで生徒会室を出た。

「あはっ……それじゃあ明美……あれ……？　逃げきれると思ってるの？　逃げるなんて許さないよ」

という智哉の声を聞きながら……。

智哉の足は速い。

私なんて、すぐ追いつかれるに決まっている。

必死で階段を駆け上がって三階に出ると、前方に人影が見えた。

ちょうど図書室の前あたりだ。

あれは……佐久間っ⁉

なんで佐久間がここにっ……あれは幻覚だったんじゃなかったの⁉

ダメ……後ろは智哉、前は佐久間。

どっちに行っても結局は殺される。

「どうして……あんたがいるのよぉお！」

スピードを落とせないくらいに加速していた私は、そのまま佐久間のほうに突進していった。

もう死ぬんだって思ったけど……佐久間が、図書室のほうを指さしながら予想もしない一言を放った。

「……明美、図書室……鍵、持ってるでしょ」

「えっ⁉」

その存在を思い出させるように、ポケットの中で鍵とプレートがカチカチとぶつかり合って音を発した。

そうだ。図書室に入って中から鍵をかけてしまえばいい。

佐久間の指さす教室……つまり、図書室に急いで駆け込んだ私は、内側からガチャリと鍵をかけた。

「明美……！　鍵をかけても無駄だよ……？　ほら、早く開けて……心愛がかわいそうでしょ！」

すると、後ろから智哉の声とともに、ドンドンとドアを叩く音がする。

嫌だ。来ないで……

お願い、早くどこかに行って！

心愛がかわいそうって何!?　心愛はきっとそんなこと望んでないよ……。

「……」

しばらく耳を塞いで目を瞑っていたけれど、何も聞こえなくなって顔を上げた。

そっと後ろのドアのほうに目を向けると、人影はない。

智哉は諦めたのか、ドアの前から姿を消していた。

「よ……よかった……」

はぁ……と息をつくと同時に、目の前の存在に釘づけになった。

いつの間に入ったのか、佐久間がいたのだ。

もしかして……佐久間は助けてくれたの？

「佐久間……ありがとう。私、あんたにろくなことしてこなかったのに……助けてくれるなんて思わなかった」

「……」

佐久間はただ無表情で私を見ると、スーっと消えていってしまった。

「ええっ……佐久間？　消えた……？　やっぱり幽霊なの？」

やっぱり、佐久間の幽霊はいるんだ。

じゃないと人が消えるとか……ありえないし。

それに、佐久間は死んでいる……んだよね。

……私たちのせいで。

それなのに……なぜ助けてくれたの？

何がなんだかよくわからなくなってきた。

「ううん、そんなこと考えている場合じゃない！」

ぶんぶんと思いっきり頭を振ると、声を出して思考を切り替える。

まずは、この状況をどうにかしないと。

智哉は頭がいいから……私の考えつかないようなことをしてくる可能性が高い。

今は図書室の前にはいないと思うけど、そう思わせておいて近くで待ち伏せしているかもしれない。

いや……。私の勘では、智哉は図書室の近くで待ち伏せなんかしてくれない。きっと予想もしないところ……私が進んでいった先にいる。

どうしたら智哉に勝てる？

こういう頭脳戦で、智哉に勝てる人なんているのだろうか。

長い付き合いの心愛なら智哉の行動が読めたかもしれないけど、もうこの世にいない人を頼っても仕方がない。

まったく歯が立ちそうにないけど、掃除用具入れからホウキを取り出す。

手ぶらよりは気持ち的に安心だ。

ホウキを片手に廊下側の窓を覗くと、やっぱり見える範囲に智哉はいなかった。

そっと窓を開けて……少し身を乗り出して三階の廊下を照らしてみても、なんの気配も感じられなかった。

再び図書室に身を引っ込めて次は扉へと向かう。

「……開けた瞬間に、なんか来たりしないでよ」

考えただけで身震いしてしまうようなひとり言を呟きながら鍵を回し、図書室からそっと出る。

「……あ」

ふいに足下を見ると、血で靴の跡ができてしまっていた。

きっと、心愛の血を踏んでしまったのだろう。

そっと靴を脱いで靴下の状態になった。

床が冷たいけど、足跡を追いかけられて殺されるよりマシだ。本当は洗いたかったけど、この近くに水道はない。

まずは……職員室に行って生徒玄関の鍵を探す？

いや、それこそ一番予想がしやすい。

そうだ、私が外に出たってわからないように図書室の鍵をかけておこう。

もし智哉が戻ってきたら、うまく騙《だま》されてくれるといいんだけど……。

とにかく、今は広樹を探したほうがいいかもしれない。そして、智哉からは逃げるよう伝えたほうがいい。

そうしないと……真理みたいに疑いもせず駆け寄っていってしまうかもしれない。

そして……。

頭に浮かんだ最悪な想像を振り払って、前を向く。

友達に殺されるなんて、ひどすぎる。

ただでさえ気持ちの悪い幽霊がいるというのに、どうしてこんなことになってしまったんだろう。

広樹と別れたのは四階……で、心愛を見つける前には一階へと向かう二つの足音を聞いた。

実際、一階には智哉がいた。

智哉はあの部屋で何をしていた……？

……広樹は何から逃げて一階に……？

もしかして音楽室で広樹が見たのは……心愛の腕を持った智哉と、その手に握られていた包丁なんじゃないかな。

それで危機を感じた広樹は逃げた……。

広樹は運動神経がよくて足も速いから智哉からは逃げきれて、一方の智哉は広樹を探していた……とか？

うん、辻褄《つじつま》は合う……きっと、そうだ。

そもそも思い返せば、革靴の音がしたのだから予想はついたはずだ。

一番最初、まだ恐怖が始まる前……警備員だと勘違いしたあの音。

このことに私が気づいていたら、真理は死ななかったかもしれない……。

それにしても、私……どうしてこんなに冷静に現状を見られるのだろう。

友達が二人も死んで、そのうち一人は友達に殺されたっていうのに。

ダメだな、私……。

すぐにネガティブ思考になって反省する。
でも、冷静なのはいいことじゃん。
何も考えられなくなるより、ずっといい。
ポジティブ思考、ポジティブ思考……。
「……よしっ、広樹を探そう！」
ボソッと一人で呟いて気合を入れたあと、あたりを見回す。
三階にあるのは……図書室や理科室、二年生の教室。
うーん、どれもパッとしないなぁ。それに、三階にはまだ智哉がいるかもしれない。
じゃあ、二階はどうだろう。
二階にあるのは、三年生の教室に技術室、そしてパソコン室……。
……パソコン室、か。
最初の幽霊に追いかけられた時、パソコン室に逃げ込んだんだっけ。
それで、何気なく開けた掃除用具入れから広樹が出てきてびっくりしたんだ。
そんなに時間はたっていないはずなのに、なんだか懐かしいなぁ。
よし、決めた。
パソコン室……というか、二階から探そう。

私は一階分の階段をおりてパソコン室に誰もいないことを確認すると、中に入って扉を閉めた。

等間隔に並ぶパソコンの黒い画面に自分の姿が映り、何気なく顔を見る。

あぁ……ぶっさいく。

嘔吐したせいか、それとも精神的にか……たぶん両方なんだろうけど、顔色は黒い画面ごしにでもわかるくらい悪い。

ずいぶんと疲れた顔をしているし、泣いた目は赤く腫れている。髪もボサボサだ。

逃げることに必死で気づかなかったけど、こんなにひどい姿になっていたんだ。

「……広樹」

広樹に会いたい。

私のことを好きだと……守ると言ってくれた広樹。

あの時はうれしくてうれしくて……今の私がいるのも、あの時に広樹が私の恐怖をほぐしてくれたから。

だから、こんなに冷静でいられるんだ。

「……会いたいよ、広樹……」

——ガタンッ!!

「っ!!」

何？　掃除用具入れ？

まさか、ここで智哉は待ち伏せしていたの⁉

ヤバい……掃除用具入れの扉が少しずつ開いていく。

どうしていきなり待ち伏せているところに入っちゃったの！

運が悪いにもほどがある。

ごくりと唾を飲み込み、ホウキを握り直した。

そして、ホウキを振りかぶった時――。

「……明美？」

「えっ」

危うくパニックになりかけていた私の意識を引き戻したのは、掃除用具入れから出てきた人の声だった。

「ひ……広樹っ‼」

「明美、よかった……無事だったんだな」

お互いに駆け寄って、ぎゅっと抱き合う。

しっかりとした広樹の温もりが伝わってきて、生きているんだって実感できた。

それにしても、まさか、またここで会えるとは……。

「……広樹って、掃除用具入れが好きなの？」

「な……なんでそうなんだよ！」

「だって……さっきも掃除用具入れから出てきたじゃない……」

「たまたまだって！」

とにかく無事でよかった。

しばらくそのままでいた私たちだけど、あることに気づいた広樹の声で一気に暗い雰囲気になる。

「あれ……真理は？」

「……あ……その……智哉が……」

それだけで広樹は真理に何があったのかを察したらしく、驚きと怒りの入り混じったような表情をした。

「っ！　智哉あいつっ……。悪い……俺がちゃんと伝えてから逃げてれば……」

「ううん、広樹は悪くないよ……仕方ないもん。広樹は、なるべく私たちから智哉を遠ざけようとして下に逃げてくれたんだよね？　それなのに私たちが勝手に下に行ったから……」

「……」

私たちの間に沈黙が走る。

心愛も真理も、死んでしまったのは悲しい。

でも今は、何より智哉をどうにかしなきゃ。

「悲しむのはあとにしよう？　今はとにかく智哉のことを考えよう」

「……そうだな……。智哉と戦うとしたら俺しかいねぇ。命を捨てるようなことはしないけど、もしもの時は……俺に構わず明美は逃げろ」

「そんな‼　やだよ、広樹を置いて逃げるなんてできないよ‼」

「ダメだ！　それだけは約束してくれ……頼む……」

「……っ」

嫌だ。

広樹を失うなんて……絶対に嫌だ。

でも……私はそこにいたところで戦力にはならない。

「……わかったよ、広樹……約束する」

「明美……ありがとう」

「でも、広樹も約束して……絶対、死なないって」

「……」

「広樹……広樹が死んだら、私を守ることだってできないよ。広樹が死んだあと智哉が襲ってきたら、私にはどうすることもできないもん。だから、生きててよ。私を守ってくれるんでしょ？」

「……あぁ、そうだな。約束する。俺は……明美を守るから」

「うん……ありがとう、広樹」

大丈夫。

広樹がいれば何も怖いことなんてない。

広樹も私も、絶対にここから出られる。

「……明美」

「わっ、さ、佐久間っ⁉」

突然後ろから聞こえた声に、慌てて振り向く。

そこには、無表情の佐久間がいた。

「……広樹もいるんだね」

「な……っ、佐久間……なんでここに……お前死んだんじゃなかったのか⁉」

「……」

ふい、と佐久間は広樹から視線を外した。

「広樹……大丈夫。佐久間はさっき私を智哉から助けてくれたの」

「……そうなのか？」

佐久間は無言でこくりと頷いたあと、廊下を指さした。

「……外が、大変なことになってる……触れたら……死ぬ」

「は？」

佐久間は、それだけ言って消えてしまった。

触れたら死ぬって……どういうこと？

ただでさえ怖いのに、まだ何かあるの？

「……明美、とりあえず出てみよう。話はそれからだ」

「……そうね」

そーっと扉を開けて外に出る。

その光景に、私は目を疑った。

「ひっ……な、何よこれ……」

半透明のグロテスクな外見をした明らかに幽霊だとわかるものが、あたり一帯をうようよ漂っている。

床に張りついていたり、天井からぶら下がっていたり、ふわふわと浮きながら移動していたり。

壁からスーっと出てくる奴もいる。

まさか……これに少しでも触れたら死ぬってこと？

いやいやいや、どんだけの数がいると思っているの。

暗さのせいでもあるけど、廊下の先がまったく見えないくらい埋め尽くされていて、さらに移動している奴もいる。

ただ、こちらを見ても襲ってくることはなく無反応だからまだいいけど……これをくぐり抜けて移動しなきゃいけないの？

見た目もグロテスクだし、勘弁してほしい。

「ひ、広樹……！」

「大丈夫。よけながら進めば問題ないんだろ？　襲ってこないなら大丈夫だ」

しっかりと手を繋いで、職員室を目指す。

ブリッジの状態で停止している巨大な女の下をくぐり抜け、いきなり現れた奴を反射的によけ、手を伸ばしてくるものがたくさんいるところを駆け抜け……。

まさに危機一髪、って時がたくさんあって、そのたびにひやひやした。

でも、広樹がいるおかげか……不思議と怖さはなかった。

「広樹、ダメ。こっちは塞がれちゃってる……一度上に行って、回り道しよう」

二階から一階におりるだけなのに、たくさんの幽霊に廊下を塞がれているせいで思うように進めない。

「危ない！」

「わっ……ごめん広樹、ありがとう」

そう言いながら顔を上げると、目の前を幽霊が通りすぎる。もし広樹に手を引っ張られていなければ、どうなっていたのか……。

広樹の反射神経がよくてよかった。

じゃないと、二人とも一発でアウトだ。

もう、いきなり出てくるのはやめてほしい。

そんなことを思いながら、再び二人で走り出した時だった。

「あ……明美……広樹……二人とも、みーつけた」

「っ‼　広樹、智哉が‼」

「……！　明美、走るぞ！」

こんな中で智哉まで……っ‼

智哉、三階にいたんだ。

ダメだ……私の足が遅すぎて、広樹に引っ張られてはいるけどとても逃げきれない。

女子の中では足は速いはずなのに、広樹も智哉も信じられないくらいの速さだ。

いざという時に役に立たない自分が、やけに無力に思えてくる。

「明美……逃げろ！　俺がどうにかする‼」

「広樹……」

早々、約束の時が来てしまった。

できればこんなことはしたくないけど……。

「……わかった。約束、忘れないでね」

「あぁ。絶対生きて追いつくから……」

私は、一目散に上の階を目指して駆け出した。

広樹は三階に残って、ホウキを構えている。

私が図書室のホウキを持ってきたのを真似て、パソコン室から拝借してきたものだ。

「智哉っ‼　この先は……進ませねぇよ‼」

「……広樹……わかった。まずは広樹からにするよ……待っててね心愛……すぐ、心愛の元にみんなを連れていってあげるからね……？　あはははははっ」

下から、広樹の威勢のいい声と智哉の不気味な笑い声が聞こえる。

なるべくそれを聞かなかったことにして、四階を進んでいく。

……幽霊は少ない。

これなら、反対側の職員室に近い階段まで、私一人でもなんとかたどりつけそうだ。

「……広樹も頑張ってるんだから……私はここで死ぬわけにいかないの。お願いだから、進ませてよね」

聞く耳なんか持つわけない幽霊相手にひとり言を呟いたあと、小走りで幽霊と幽霊の間を駆け抜ける。

「あっぶないなぁ……！」

右側の壁から突然現れた幽霊を危機一髪でかわした。

広樹といた時に出てきた奴より移動のスピードが遅かったからなんとかなったけど、やっぱり広樹がいないと心細い。

「あ……嘘、塞がれてる……!?」

右から来た幽霊に気を取られているうちに、前の通路が幽霊で塞がれていた。

……。

この、横の教室……。

教室の出入り口は二つあるから、もう片方はきっと幽霊の壁の向こう側に繋がっているはず。

でも、この教室は……音楽室だ。

中に入れば絶対に心愛を見ることになってしまうだろう。

できれば、友達の遺体なんて二度と見たくない。

……でも……。

「……迷ってる場合じゃない、か……」

仕方ない。

きっと大丈夫……どっちにしろ死体は何回か見たんだし。

あることがわかっていればパニックにならないし……うん、大丈夫。

深く息を吸って吐いて……心を落ちつかせてから、音楽室の扉に手をかける。

指に力を込めると扉はすんなり開いて、私を迎え入れた。

もう片方の出口の前に、死体があるはず。

暗くてよく見えないのは不便だけど、かといって、ここで懐中電灯をつけて死体を見やすくするなんてことはしたくない。

いつ幽霊が出てくるかとひやひやしながら暗闇の中を進んでいくと、視界の端に何か液体が映った。

……ダメ。そっちを見たら……死体がある。

そう頭ではわかっているけど、やっぱり気になってしまう。

もし動き出したら……なんて、頭の中を嫌な想像が駆け抜けていく。

そのたび、死体の存在が気になって仕方がなくなる。

「……一瞬なら……」

心愛の死体なら、さっきまじまじ見たじゃない。

大丈夫……きっと大丈夫……。

「……よし」

気になって進めないくらいなら見てしまおう。

バッと液体を懐中電灯で照らす。

キラキラと反射する赤い血から光を移動させて死体を探す。

たぶん、照らしたあたりにあると思うんだけど……。

「……あれ？」

……ない？

なんで？

血溜まりができているくらいだからここにあるはずだし……最初に見た時もこのあたりにあったよね？

「……ちょ……嘘でしょ……？」

動き出したら……とは思っていたけど、なくなっているとは思わなかった。

まさか動いていて、どっかにいるとか？

いやいや、それは勘弁してよ……。

「……あーもう気味悪い‼　さっさと先を行こっ」

背中にずっと走っている悪寒を振りきるようにして走り出す。

音楽室のドアを開けると、予想どおり逆のドアの向こうに幽霊はいなかった。

音楽室を出て階段を一階まで駆けおり、怖さで忘れていた呼吸を開始した。

「……はあっ……」

普段なら階段を駆けおりたくらいじゃ息切れなんてしないのに……。

壁に寄りかかって息を整えながらそんなことを思っていると、上から微かに足音が聞こえた。

誰かが階段をおりてくる⁉

広樹？　それとも智哉？

心臓が嫌な音を立て始め、落ちつき始めた呼吸が再び荒くなる。

「……明美っ‼」

「広樹！　……えっ？　何っ⁉」

「話はあとだ！」

今、私がおりてきた階段から姿を現した広樹は、私を見るなり腕を掴んでそのまま走り出した。

何度も転びそうになりながら、そのあとを必死についていく。

何……？　智哉はどうなったの？

「隠れるぞ、明美！」

「うん……？　あっ、そこはっ……‼」

広樹についていくのがやっとだった私は、広樹の手が扉にかかったのを見て現実に引き戻された。

その教室は……真理が殺された生徒会室だ。

言い終わる前に広樹に連れ込まれ、私はさらに言葉をなくした。

「うわ、なんだよこの血……ケガって量じゃねーぞ……」

「……なんでよ」

「は……？　どうした、明美？」

「……なんでないのよ」

「ないって何が……」

「……真理の死体よ‼」

そう……そこには心愛と同じく、大量の血だけが残されていて……。

真理は、いなかった。

「明美、真理って……智哉に殺されたんだよな？　智哉が移動させたんじゃ……」

「真理だけじゃない……心愛の死体もなかったの！」

「……っ」

「いったいどうなってるのよ……！」

わけがわからない。

ただでさえ友達が死んだとか、幽霊とか、現実味がないのに……！

頭がついていくわけがない。

「あははははっ！　明美みーっけっ‼」

「……!?と、智哉っ‼」

「大声出しちゃって……バカだよねぇ、明美は……あれ、広樹もいたんだぁ……ちょうどよかった。探す手間が省けたよ‼」

壊れて、曲がったメガネ。

頭から流れた血は、頬を伝って滴り落ちている。

……何が起きているの？

どうして智哉はこんなに心が壊れてまで笑っているの？

頭の中が真っ白になり、倒れそうになった時だった。

「……っ」

こらえきれなくなったように漏れ出た呻き声がして我に返ると、広樹が下を向いていた。

「……広樹？」

よく見れば、広樹も血まみれだ。

足の、たぶん腱《けん》が切られているのだろう……広樹は、ガクンとその場に倒れ込んだ。

急所を狙った……智哉らしい攻撃だ。

こんな状態で走っていたなんて……。

広樹は首からも血を流しているけど、生きているということは深くはないと思う。

でも、この傷で広樹は歩けないかもしれないし、私だけじゃ、広樹にこんなダメージを負わせられる智哉に立ち向かえるわけがない。

どうしよう。

絶体絶命だ。

「……やめて智哉……」

「あはっ、やだよ……。明美も広樹も殺して、俺も死ぬ……。全員で、心愛の元に行こうよ、ね？」

何が『ね？』だよ……！

「……助けて……！」

そんなの、心愛が望んでいるわけがないのに！

「助けなんて来るわけないよ……じゃあ……死んでよねっ……！」

「きゃあああっ!!」

智哉の包丁を持った腕が振り上げられたのを見て、思わずその場にうずくまる。

あぁ、私はもうここで死ぬんだなぁ。

なんて思いながら智哉の腕を見ていると……。

「あ……あ？」

「……え？」

カラン、という音とともに、手から滑り落ちた包丁は地面と衝突した。

智哉から、たくさんの血が流れ落ちた。

最初は、ボタボタッと。

次の瞬間、智哉が口から大量の血を吐いた。

智哉の左胸から、何かが出ている。

白い……腕？

何を掴んでいるの？

赤に染まって、ドクドクと動いているもの。

それは何？

すると、ブチブチッ、と嫌な音を立てながら、白い腕が智哉から引き抜かれる。

智哉は、悲鳴を上げることもなく……その場に倒れ込んだ。

その拍子に、智哉の背後に立っていた白い腕の持ち主が現れる。

「……明美」

「ぁ……ぁ……」

「明美……」

「……さ……くま……？」

「そう」

「……」

……智哉の心臓を掴んでいる白い腕の持ち主が、事もなげに私を呼んだ。

また、助けてくれた。

佐久間だ。

佐久間は智哉の心臓をグシャッと握り潰して床に投げ捨てたあと、私の隣で倒れている広樹を見据えた。

「……広樹は、生きてる……連れていきたいなら連れてきて」

「え？」

それだけ言って佐久間は、ペタペタと歩いて生徒会室を出ていった。


「……うぅっ……明美……」

「広樹！　大丈夫っ⁉」

「あぁ……なんとかな……右足は使い物にならなくなったが……他はかすり傷だ」

私の肩を借りてやっと立ち上がった広樹と、生徒会室を出る。

暗い廊下の奥に、佐久間がこっちを向いて立っているのが見えた。

ペタペタと二、三歩歩いて、くるりと振り返る。

待ってくれているみたいだ。

いつの間にか、さっきまでうじゃうじゃしていた幽霊もいなくなって、ただ私たちの足音だけが響く。

やっと終わるんだ。

この地獄が、やっと終わる……。

ゼツボウ

「広樹、大丈夫……？　無理しないで……一回休む？」

「大丈夫……だ……っ」

息も切れ切れで相当辛そうな広樹だけど、どうにか頑張って私の肩にしがみついて歩いている。

まだ教室一つ分ほどしか歩いていないけれど、大ケガをしている広樹にとっては相当な距離に思えるだろう。

「はっ……明美を守る、って……言ったのに……情けねえな、俺っ……」

「そんなことない！　私は十分助けられたし……今、私が生きてるのは紛れもなく広樹のおかげだよ……！　ありがとう広樹。大好きだよ……」

「はぁ……はぁ……」

「……あぁ」

横から、ふっと息を吐く音がした。

こんな状態でも笑ってくれる。

友達を三人も失ってしまったけど、私には広樹がいる。

広樹と二人で、ここから出られる。

一人じゃなくて……大好きな広樹と。

そう考えると、心なしかまわりの冷たかった空気が少し和らいだ気がした。

パッと顔を上げて前を見る。

今なら前だけじゃなくて、まわりも見える気がして。

……どうやら私たちが向かっているのは、職員室らしい。

予想どおり、佐久間は職員室の前で立ち止まると、私たちに向かって手招きをしている。

だけど、そこから私たちが五、六歩歩いた地点で広樹が呻き声を漏らした。

「……明美……悪い……そろそろ……」

「広樹？　大丈夫？　限界？　少し休もうか？」

「……右足が……」

「右足？　痛いのね？」

「……」

広樹がこくり、と頷いたのを見て、私は進路方向を変える。

「佐久間、ちょっと保健室に寄るわ。広樹の右足……腱が切られているみたいなの」

広樹を保健室に連れ込み、近くのソファに座らせる。

当たり前だけど、包帯などの道具は揃っていて安心する。

「広樹……私、手当てとかあんまりしたことないからうまくできないかもしれないけどごめんね……」

とりあえず、まだ血がだらだら流れているので包帯をきつめに巻く。

私が必死で手当てをしていると、広樹が話しかけてきた。

「明美……ありがとな……」

「どういたしまして。少しでも痛みが和らぐといいんだけど……」

「……もし俺が死んでも、お前だけは生き残れ……絶対に」

「もう……どうしてそんなこと言うのよ！　一緒に出るんでしょ？　それで、私を彼女にしてくれるんでしょ？　楽しみなんだからね」

「……あぁ」

広樹はふっと笑うと、広樹の足元にしゃがんでいる私の肩に頭を乗せてきた。

そして、耳元で囁《ささや》く。

「……愛してる。これからもずっと……死んでも愛してる」

「……私もだよ、広樹。愛してる……」

そっと顔を上げた広樹と、初めてのキスをした。

柔らかい唇は少し甘くて……思わず笑顔になった。

すぐに恥ずかしさが込み上げてきて、はにかんでしまう。

「さて……そろそろ行くか」

「うんっ……広樹、もう大丈夫？」

「あぁ。明美のおかげで、楽になった」

よかった、とまたはにかんだ私は、広樹に肩を貸した。

二人で保健室を出て職員室の前を見ると、佐久間は少し退屈そうに職員室のドアにもたれかかって待っていた。

近づいていった私たちに気づいて顔を上げ、そして職員室の中に入っていく。

気のせいかもしれないけど、佐久間はなんだかうれしそうだ。

私たちが助かることを喜んでくれているのだろうか。

そんな佐久間に、いじめていて悪かったなぁと考えてしまう。

ここから出る時、佐久間にきちんと謝ろう。

こんなに助けてくれたんだ、感謝もしよう。

「……明美……あれ」

少し微笑んでいる佐久間が職員室の奥のほうを指さす。

そこにはたくさんの鍵……。

あれは、鍵置き場だよね？

ということは、生徒玄関の鍵もあるんじゃ……！

「……俺は大丈夫だから行ってこい」

「ありがと！」

私の肩を離した広樹にそう告げると、私は鍵置き場まで走った。

たくさんある鍵のプレートを一つ一つ確認していく。

パソコン室、音楽室、技術室、サッカー部の部室……この空いている部分は、私が鍵を持っている図書室かな？

これも違う、これもこれも……と探していく。

理科室、放送室、生徒玄関……生徒玄関？

「あっ、あった‼」

たしかに【生徒玄関】と書かれたプレートをぶら下げている鍵を手に取って、広樹のほうを振り向く。

「広樹！　あった、あったよ！　やっと出られる……広樹？」

自分で歩いてきたんだろう。

さっきより広樹は私に近づいてきていた。

だからよくわかる。

広樹が口をぱくぱくさせて、顔を白くしているのが。

見開かれた目からは涙が出ている。

声にならなくて、口だけが動いている状態だったけど……なんとなく、広樹が何を言っているのかがわかった。

「に……げ……ろ……？」

口の動きがそう言っている。

それでつい、無意識に今まで気にしないようにしてきた……広樹の体に、目がいってしまった。

左胸から突き出た赤い物体。

ボタボタと何かを垂らし続けている〝それ〟を掴んでいる白い腕。

何か、見たことがある風景だ。

前は広樹じゃなくて、智哉だったけど。

……智哉は、このあとどうなったんだっけ……？

たしか……たしか……。

私が思い出そうと動かない頭を必死に回転させていると、ピクリと白い腕が動いた。

……ダメ……動いちゃダメ……！

広樹が……っ！

「いやあぁぁぁぁぁああぁあっっ‼」

ブチッという音を聞いた瞬間、私は喉が裂けてしまうんじゃないかと思うくらいに叫んでいた。

腰が抜けて床に崩れ落ちていたけれど、広樹に向かおうとする。

「広樹！　広樹ぃ‼　どうしてっ⁉　なんで広樹が死ぬのぉっ⁉」

なんとか腕の力で広樹の元まで這《は》っていった私は、そばに立つ人物を見上げた。

「あははっ、そんなに泣き叫んで這いつくばって……無様だね、明美！」

「佐久間ぁ‼」

ははっと私をバカにするように笑った佐久間が、手の中の物を握り潰した瞬間、赤い液体が私にも降りかかる。

「どうしてよっ‼　佐久間は……私を助けてくれてたじゃない‼」

「バカだなぁ。今、私がなんでこいつを殺したのかもわかってないんだ？」

「やめて‼」

ぐりぐりと裸足で広樹の頭を踏みつける佐久間を押しのけて、広樹を抱く。

まだ温かいけど、人間にしては冷たくて……。

私の服がどんどん赤黒くなっていく。

どうして？

やっと出られると思ったのに。

わかんないよ。

「ほーんとにわかってないような顔してるね、明美。じゃあ……教えてあげる」

ふふっと微笑んだ佐久間は、私に手を伸ばしてきた。

すごく、楽しそうな顔をしている。

「あああああっ‼　痛い痛い痛い痛い痛い痛い痛い痛い‼」

「あは、えいっ！」

痛みを感じてから私が状況を理解するまで、私はわけもわからず泣き叫んでいた。

左目が痛い。

頬を生温いものが伝っている。

佐久間の指が……私の左目をくり抜いた。

痛い。痛くてどうしようもなくて、ただ、のたうちまわることしかできない。

「そーだ。腕も一本貰おうかな」

「ぎゃあっ‼　ああああああっやめてやめてやめて‼　痛い痛……」

バキリと右腕が折れる音がして、私の意識は、そこで途切れた。

第二章　ユメトゲンジツ

メザメ

「ああっ！」

叫びながら起き上がると、ばふっという音が聞こえた。

……ばふっ？

それに、このさわり心地……布団？

何度か瞬《まばた》きをして、あらためて目の前に広がる空間を見つめるけど、そこは間違いなく自分の部屋だった。

……？

佐久間は？

広樹は……みんなは？

「右手……折れてない」

無心で右手を開いたり閉じたりしてみるけど、痛みなんてまったくない。

そうだ、左目は？

机の上の鏡を覗くと、そこにはいつもの私がいた。

左目はきちんとある。
顔色もいい。
ただ、寝癖がひどい。
「……夢？」
さっきまでのは、夢だったのだろうか。
……。
じゃあ、みんな生きている……？
「……メール」
充電器からスマホを取り、広樹にメールを送る。
無難に、【おはよう】と送ってみた。
するとすぐに返信が来たけど……。
【おはよう。お前が朝早くからメールなんて珍しいな】
それだけだった。
だけど、生きているし、何もなかった様子。
やっぱり、夢だったの？
……やけにリアルで、嫌な夢だ。
時計を見て、部屋を出る。

この時間に父親はいないだろう。

よかった。早めに出れば二人のケンカに巻き込まれなくてすみそうだ。

ささっと朝御飯を食べて制服に着替えた私は、適当に準備をすませてそそくさと家を出た。

いつもと同じ道。

空も青くて、安心する。

でも、学校にはあまり行きたくない。

夢がリアルすぎて……思い出してしまいそうだ。

そうだ、真理の家はここから近い。

少し寄って、一緒に行けばいい。

そうしよう。


――ピンポーン。

インターホンを鳴らすと、寝起きなのかまだ眠そうな真理が出てきた。

私が真理の家に逃げてくるのはよくあるから、真理は快く中に入れてくれた。

真理は一人暮らしってわけじゃないけど……家族……真理以外の人が家にいるのを見たことがない。

だから急に押しかけても大丈夫なのだ。

「また両親がケンカしてるの？　大変だね～」

「ん……今日は父親が帰ってくる前に逃げてきたから大丈夫」

「そっか！」

……朝食を食べながら私と話をするその姿は、紛れもなく真理だ。

やっぱり、夢だったんだ。

そうだよね。

幽霊とか……そんなの、あるわけない。

「そーだ、今日は佐久間で何する？　私は昨日あらかたやっちゃったからネタなくなったんだけどー」

「え……？」

佐久間？

嘘……。佐久間は死んだんじゃ……。

「明美？　どうしたの？」

「えと……佐久間って……死んでないの？」

「え？　死んでないのって……死んでないよ。なに言ってるの？　明美ってば、賭けに勝ちたいからって変なこと言わないでよー！」

けらけらと真理が笑う。

まさか、佐久間が死んだのも夢？

もう……どこからどこまでが夢なの？

夜に学校へ行くことを決めたあたりから夢なんだと思っていたけど、佐久間すら死んでいないとは……。

「……ちょっと夢と混ざってるかも。ごめん、変なこと言って……」

「？　それは別にいーけど……明美が謝るとか怖いからやめて？」

「ちょ、それどういう意味よ！」

「ひゃっ、やめてよ明美ー！　あはははは っ‼」

真理はくすぐられるのが苦手だから、くすぐってやった。

た、たしかに簡単に謝るような性格ではないって自分でもわかるけどさ‼

……これも夢のせいか。

あれ？

ってことは私、広樹とはどうなっているの？

普通の友達に戻っているの？

……。

こっちの広樹は、私のことを好きなのかな。

夢の中の『愛してる』って広樹の声……まだ耳に残っている。

私、じつは広樹のことが好きだったんだなあ。

夢を見て気づくなんて、変な話だ。

それから……みんなの叫び声も、死んでいく姿も、死んだあとの姿も、全部……詳細すぎるくらいに覚えている。

そっちは忘れてしまいたいのに。

「あははは……はぁ……！　もう、すぐくすぐるのやめてよね！　……あれ!?　もう七時すぎてる!!」

「あ、ほんとだ。急がないと遅れるよー」

「わあぁ！　明美ちょっとここにあるマンガでも読んでて！　急いで準備するから!!」

「はいはい」

大慌てで準備を始める真理に苦笑しながら、どれを読もうかなぁと本棚に並べてあるマンガに目を通す。

といっても小学校のころからの付き合いだから、読んだことのあるものばかりなんだけど。

……あれ？　これ……見たことないものだ。

新しく買ったのかな？

今度から、これを読みに来よう。

恋愛モノ……というか少女マンガで埋まった本棚を見て、つくづく真理らしいなと思いながらマンガを読み始める。

どっちかって言うと、私は少女マンガ独特のお目目キラキラー雰囲気ふわふわーみたいなのは苦手だったんだけど、真理と仲よくなってからはそうは思わなくなった。

読んでみると意外と面白くて、いつの間にかのめり込んでいる。

「明美お待たせ！　早く行こっ！」

「んー、忘れ物ない？」

「大丈夫！　たぶん！」

マンガを棚に戻しながら問いかけた言葉に、なんとも不安な言葉が返ってきた。

まあいいや、と思いつつ真理の家を出る。

真理がしっかりと家の鍵をかけるのを見届けてから、私たちは学校に向かった。

さっきと同じ、晴れた空。

私がここにいることは当たり前なはずなのになぜか実感が湧かない。

それほどまでに、今日の夢は強烈だった。

もう二度とあんな夢は見たくない。絶対に。

「ねえ真理」

「んー？　何、明美？」

「……真理はここにいるよね？」

「はっ？　ごめん、私がバカだからなのかはわかんないけど、意味不明……」

「……。自分でも何を言っているのかわかんなくなってきたわ。あーバカバカし。早く学校に行きましょ」

「あっ、待ってよー！」

しんみりした空気を断ち切って走り出した私に、真理が慌ててついてくる。

……でも、どうしようか。

あんな夢を見たせいか、なんとなく……佐久間をいじめる気にはなれない。

いじめていたのに、最後まで私を助けた佐久間。

だけど、そのあと左目をくり抜かれ、右腕は折られた。

あの夢は、何を意味しているのだろう。

私は、佐久間に許されたいの？

無表情で、不思議な存在。

佐久間に表情がなくなったのは誰のせい？

……広樹を、もしかすると心愛も殺した佐久間。

私を……絶望させるために。
どれだけ私は憎まれているのだろう。
私、今までどうやって佐久間に接してきたっけ？
……なんだか、わからなくなってしまった。

イジメノホンシツ

「おっはよーっ！」

「おはよう、三人とも」

「お？　はよ、明美、真理！」

「おはよぅ〜！」

「あぁ、おはよう」

真理が元気に挨拶して、次に私。

いち早く振り向いて笑顔を見せたのが広樹で、私に抱きついてきたのは心愛、最後に微笑んだのは智哉。

みんないつもと変わらない。

みんな生きている。

それがうれしくて無意識に笑顔になる。

「あれぇ、明美ちゃんなんかうれしそう！　何かいいことあった〜？」

「んーん、なんにも。楽しいなって思っただけよ」

「……うお、明美がデレた。明日は雪だな」

「広樹？　何か言った？」

「いえ、何も！」

そうだよね。こんな時期に雪なんて降るわけないよね。

私が睨《にら》みつけたら、広樹はパッと笑顔になった。

目は泳いでいるけど。

……でも、やっぱり友達かぁ。

少し悲しいけど……死んでいないんだからよかったよね。

「あーっ佐久間ちゃんだー！　おはよぅ！」

「っ‼　お、おはよう……」

「！」

心愛の声に振り向くと、ちょうど佐久間が教室に入ってきたところだった。

……どうしよう。

みんなの死ぬ光景が、フラッシュバックする。

佐久間を見ているのが辛くなって、視線を彷徨《さまよ》わせる。

「はぁ？　なんつった？　まったく聞こえねーんだけど……」

「あ……その……ごめんなさい……」

「私も聞こえなーい！　智哉は？」

「喉でも悪いんじゃないのか？」

「わーっ、そうだったのぉ、佐久間ちゃん？　病気ぃ？　かわいそーっ‼」

私が黙っていても佐久間を弄る声は続いていて、勝手に笑い声が起こる。

「よーし、じゃあ智哉に手術してもらおっか！　手術室へゴー！」

真理がふざけて手を引くと、佐久間は少し抵抗する。

だけど、広樹が「早く行け」と言いながら佐久間を蹴ると、大人しくついていった。

「おいおい……俺は手術なんてできないよ」

そう言いながらも、心愛とともにそのあとに続く智哉。

……どうしよう。

正直、あんな夢を見ちゃったから、いじめる気が起きない。

けど、いじめに加わらなかったら、みんなに絶対おかしく思われるよね……。

「ははっ、面白いものが見られそうだな。ほら、明美。早く行こうぜ」

「う……うん……」

……広樹に促されて、私たちも続いて教室を出る。

移動した先は、体育館裏の使われなくなったトイレ。

よくいじめる時に使う場所だ。

「はーい、じゃあ寝転がってねー！」

「きゃっ……」

どん、と真理が佐久間を突き飛ばすと、佐久間は汚いトイレの床に座り込む。

それから、真理はいつものようにスマホを取り出しカメラを起動する。

真理は、いじめの光景を撮影する役なのだ。

そして、真理がスマホを構えたのが合図かのように、智哉がモップを手に佐久間に近づいていった。

モップって言っても、ここにあるくらいだから、ものすごく汚く黒ずんでいる。

「やめ……やめて……」

「じゃあ手術しようかな」

智哉は冗談交じりにそう呟くと、汚いモップを佐久間に押しつける。

佐久間の顔が、服が、手足が、黒く汚れていくたびに笑い声が広がる。

「はいはーい、どいてどいてーっ！」

どこから持ってきたのか、心愛の手にはハサミが握られていた。

ぐっと髪の毛を鷲掴みにされた佐久間は、これから自分が何をされるのかを察したようで顔が恐怖に歪《ゆが》んでいった。

「い、いや……！　髪の毛は……！」

「はいっ、行きまぁす！」

　ジャキッと、鋭い音。

　黒髪が、さらさらと下に落ちた。

「あ……あぁ……」

「きゃははっ、お似合いー！」

　ザクザクと散切りにされていく髪の毛は、やがて見るも無惨な形になった。

「おーい、これで洗い流してやろーぜ！」

　そう言って広樹が持ってきたのはバケツいっぱいに入った濁った水。

　両手に一つずつ持っている。

「広樹、それどこから持ってきたんだ？」

「そこの側溝から汲《く》んできた！」

「さすが広樹くん～！　仕事はやぁい！」

　その片方を心愛が受け取ると、広樹と二人で佐久間に向かってぶちまけた。

「うぇっ……ひっく……」

　頭からそれを被った佐久間は泣きじゃくる。

「明美は？　なんもしねーの？」

……来た。

やっぱり、何もやらないと変に思うよね……。

ただ傍観していた私を、広樹が振り返る。

佐久間を見ると、次は何をされるのかとびくびくしているようで……その怯《おび》えた目と、目が合った。

夢の中の私は、佐久間に殺されそうになった時、こんな目をしていたのだろうか。

「……今日は、気分が乗らないから。やめておくわ」

「なんだよ。体調でも悪いのか？」

「……まあ、そんなとこよ」

「ふーん。……ま、無理すんなよな」

一瞬、私に向かって笑いかけた広樹が、すぐにいじめの輪に戻っていった。

いつの間に始まったのか、智哉が佐久間を蹴っ飛ばす姿を心愛と真理が笑っている。

「おもしれーことやってんじゃん！　俺も混ぜろよ！」

「広樹が本気で蹴ったら死ぬから気をつけてくれよ」

「智哉ぁ、それ笑えないよ～！　広樹くん、ちゃんと気をつけてねぇ！」

「わーってるよ！」

そこからは、蹴って踏みつけて笑って……の繰り返しだった。

私は、カメラを回す真理の隣で、その光景を見つめる。

いつもなら笑えるのに……何か、モヤモヤして仕方ない。

夢の中であんなことになったのは……こんなことをしていたせいだよね。

「ゲホッ！　ゲホゲホッ……！　やめて……！　もう許し……がはっ‼」

「んあー、さすがに飽きた！　やめてーとか許してーとか、それ以外に言えねーのかっての……もう行こうぜ」

「そうだな……授業サボっちゃったし、理由を考えておかないとね」

「あははっ、智哉がいれば大丈夫でしょ？　智哉ってば優等生なんだからぁ！」

「俺の分の言い訳も頼むぜー！」

「私もー！　あっ、佐久間！　そこ片づけといてね～！」

ぐったりと動かなくなった佐久間を置いて、みんながトイレを出ていく。

私は目を伏せながらその場をあとにして……少しだけ、佐久間を振り返ってみた。

「……」

倒れた佐久間の顔は見えなかったけど、その手はきつく握りしめられていた。

……もしかしたら、夢のように復讐を考えているのかもしれない。

そう考えたらゾッとして、足早に四人のあとを追いかけた。

「つーかよ、手術ごっことか子供かっての!」

「子供じゃないしー!」

広樹と真理が、もう佐久間のことなんて忘れたかのように、じゃれ合っている。

いつもはこの光景が当たり前だったはずなのに……なんだか、二人がとても遠くに感じる。

そういえば『手術』って流れ、前も見たような気がする。

いつだったか……一学期の中間あたりだったと思うけど。

さっきから、妙な既視感がある。

「あー楽しかったねー! やっぱいじめは飽きないよね!」

「ほんとになー! 次は何する?」

「広樹、次は……よりも、お前は中間テストで赤点を取らないようにするほうが先だと思うよ、俺は」

「えっ!? テスト!? うわ、ヤベ。忘れてた‼ また補習は勘弁だぜ」

「あれ? 中間テスト……だっけ? それこの間やらなかった?」

「え? なに言ってるの、明美ちゃん! まだ心愛たち、二年生になってから一回もテストしてないよぉ?」

「は?」

え？　嘘？

今は二年生の二学期、中間テストが終わったばかりでしょ？

なんで？

「どうしたんだよ、明美。一学期に決まってんだろ？」

「……えと、今……何学期？」

は？　ちょ、ちょっと待って。

時間の流れがおかしい。

だって、二学期の中間テストが終わって、そのあと佐久間が死んで……あれ、死んでいないんだっけ？

……見たことのある手術の流れに、おかしい時間の流れ。

まさかとは思うけど、あの夢って予知夢？

じゃあ、このあと佐久間は本当に死んで、私たちは学校に閉じ込められるの？

私たちは……何か、取り返しのつかないことをしている？

「明美、朝からなんかおかしいよね。熱でもある？」

真理がそう言って私の額に触れる。

違う。夢のせいだ。

頭を振って、無理やり思考を変える。

今日見た夢の話なんかしたら、怖がりの真理は怯えて、他の三人には笑われるのがオチだ。

「あぁ、ううん、大丈夫。それより広樹、このままじゃ本当に赤点だよ？」

「あああああ！　言うな！　むしろ勉強を教えてくれ！　頼む、明美。いやお願いします‼」

「嫌よ、ちゃんと授業を受けなさい」

「この鬼‼」

「鬼で結構」

たしか、夢ではこのあと広樹は赤点を取ったはず。

……そうだ、たしか真理も赤点だった。

なら……私が勉強を教えたら、結果は変わるのだろうか？

私の行動次第で現実を、何かを、変えられるかもしれない。

……だけど、広樹は自業自得だよね。

授業はずっとサボっているし……。

「とりあえず教室に戻ろうよ。次の授業もサボるわけにはいかないしね」

「あぁ。広樹は赤点を取りたいんだったらサボるといいよ」

「ぐっ……わかったよ！　受けりゃいいんだろ！」

うぅん、受けても無駄。

広樹は正真正銘のバカだから。

「あの……明美……」

「大丈夫、真理には教えてあげるから」

「やった！　ありがとう明美‼」

「くそ……なんで真理はよくて俺はダメなんだよ！」

「それは真理と広樹だからです」

「わけわかんねえ！　どんだけ俺が嫌いなんだよ！」

……嫌いじゃないよ。

むしろ大好き。できることなら、彼女になりたい。

あの夢があるからそう思えるわけだけど、あの夢が本当なら……広樹も私のことが好きってことだよね。

途端に広樹が直視できなくなり、パッと目をそらす。

「真理はきちんと授業を受けてるのにできないから、仕方なく教えるの。授業も受けないバカに教えてあげる義理はないわ」

「ぐさーっ……やっぱり授業を受けろってことかよ」

わざとダメージを受けたような仕草をする広樹にくすっと笑い、教室に戻る。

けど、あの夢の出来事がこれから現実に起こるのだとしたら、こんなやりとりをしている場合じゃない。

そういえば智哉と心愛がいない。

先に教室に帰ったのかな、と思い教室に向かう足が小走りになる。

すると、ちょうどすれ違った先生に引き留められた。

「仕方ない理由があったとはいえ、きちんと先生に言ってから授業を休みなさいね」

微笑んだ先生が軽く注意するような口調で言った言葉に違和感を覚えて、思考が一瞬止まる。

は？　どういうこと？

『仕方ない理由』って何？

とりあえず、曖昧に笑っておこう。

「あ、はい……すみません」

「いいのよ、わかってくれれば。明美さんはいつも真面目だものね」

よし。

一限目の授業が社会でよかった。

優しいおばさんの先生だから、きっと智哉にうまく騙されてくれたんだろう。

それにしても智哉はすごいなぁ……。

どんな理由を言ったんだろう。

「智哉！」

「ん？　あぁ、明美。遅かったな」

「うん……って、それより先生にどんな理由を言ったの？　仕方ない理由って言ってたけど……」

すると智哉はにやっと笑って、〝秘密〟というジェスチャーをした。

「あはは、秘密。先生を騙すなんて俺にかかれば容易《たやす》いことだよ」

「うわー、智哉、悪い顔してる……」

なんとなく、夢の中での狂った智哉と重なった。

もし心愛が死んだら……本当に智哉は狂っちゃうのかな？

そう考えるとゾッとする。

「あ、あの……」

「ん？　あぁ、学級委員さん？」

「あ……はい」

なんだっけ。

夢の中で心愛に呼ばれていた……メリー？

なわけないか。

メリーじゃなくて、えと……め……め……芽衣？

ああそうだ、たしか芽衣って名前だったはず。

……委員長でいいか。

委員長が、私たちにプリントを渡してきた。

「……何これ？」

「えと……担任の渡辺先生から預かったの……渡しといてって」

「……そう。どーも」

渡辺先生……夢の中で佐久間が死んだって言っていた。

たぶん先生は、私たちが佐久間をいじめているのは知っていると思う。

でも、とくに何も言ってこない無能な奴。

前に一度、『クラスに、いじめとかないか？』と聞かれたことがあるけど、『知らない』と答えたっきり何も聞かれなくなった。

それに、いじめているのは私たちだけじゃない。

みんなして佐久間を無視しているし、佐久間をいじめている私たちを止めるわけでもない。

それって立派ないじめでしょ？

「朱里《あかり》ちゃん！」

「……何よ、桜《さくら》。勉強なら教えないわよ？」

「えっ‼　なんでわかったの⁉」

クラスメイトである、クールな朱里とおっちょこちょいの桜。

知っている。だって二人は元は佐久間と三人グループだったもの。

佐久間がいじめられるようになってから二人グループになったけど。

しかも、朱里と桜だけじゃない。

「悠人《ゆうと》、何やってんの？」

「見りゃわかんだろーが、バカ歩《あゆむ》」

「ひっど！　これだから悠人は友達いないんだよ！」

「余計なお世話だチャラ男が」

毒舌な悠人に、いっつも絡んではうざがられている……傍から見ればMなの？って感じの歩。

二人とも佐久間の幼馴染なんでしょ？

知っているよ。よく佐久間が「助けて悠人……歩……！」って叫んでいるから。

他にもいっぱいいる。

あいつもあいつも、そいつもそう。

今や、クラスの全員が佐久間を無視している。

私たちと変わらないじゃない。

……もしかしたら、私たちがいじめをやめたとしても、何も変わらないのかもしれないって思えるほどに。

こうやってあらためてクラス内を見てみると、この場所は佐久間にとってどれだけ怖い場所だったのだろう……。そう思えてしまう。

私たちは、あの夢の中で殺される恐怖や死の恐怖を味わっていたけど、私たちがそれだけ怖がった死を選んででも、佐久間はこの環境から逃げ出したかったのか。

佐久間の居場所をなくした原因は、紛れもなく私たち……私だ。

もし『もうやめよう』って言ったら、みんなはどんな反応をするだろうか？


――キーンコーン……。

突如教室に流れたそのチャイムの音で、私は考えるのをやめた。

「あー、智哉、それ使ってくれてるんだー！」

……？

心愛のうれしそうな声に、思わずそちらを振り向く。

「あぁ……まあね」

「うれしい！　ありがとう智哉！」

「心愛に貰ったものだし、使うのは当たり前だよ」

智哉の手には、見たことのあるシャープペンシル。

たしか……夢の中で智哉が学校に忘れていたんだっけ？

そっか……心愛に貰ったものだったんだ。

「それ、心愛があげたの？」

「あ、明美ちゃん！　うん、そうなの～。ほら智哉の誕生日って昨日だったでしょ？

だからね、あげたんだぁ！」

誕生日プレゼント……。

そりゃ、心愛大好きの智哉が夜の学校にまで取りに行くわけだ。

なるほどね、納得。

ところが始まった授業の内容は、やはり見たことのあるもので、余計に心の中がモヤモヤする。

いじめなんてやめないと、本当に夢のようになってしまう。

確信に近い何かが、頭の中を駆け巡っている。

……あれ？　なんか、眠くなってきた。

なんだろこれ……。やけに眠い……。

さっきまでなんともなかったのに……どうしたんだろう……。

まあいいか……夢のとおりに進むなら、授業内容もすべて知っているはずだし……。
私は抵抗するのをやめ、眠気に身を委ねる。
すぐに真っ暗な世界に包まれ……意識が、途切れた。

ジジョウノユメ

「ん……」
目を開けると、白い空間。
……？
何ここ？　どこ？
えぇとたしか、二限目が始まる直前に眠くなって……。
ってことは、これは夢？
視界が、徐々に色を取り戻していく……けど、やっぱり白い。
ベッドとか、壁とか、全部白……あ、もしかして保健室？
私は、保健室の入り口に立っているみたいだ。
カーテンが一つ閉じているから、たぶん人がいる。
「う……ん……っ」
中からは、苦しそうな呻き声が聞こえた。
先生もいないし……ちょっと気になるから、覗いてもいいよね？

そーっと近づいてカーテンに手をかける。

『くそっ……あんなもの、食べなければよかった……っ』

中から聞こえた声に、手を止める。

……今の声、心愛？

にしては、低い気が……。

何かに怒っている時みたいな低さ。

それに、今の口調は……？

「心愛……大丈夫？」

『あのくそババア……あたしにこんなもん食わせやがって』

恐る恐るカーテンの向こう側に行って声をかけてみるも、あっちを向いている心愛には聞こえていないようだ。

心愛って、一人称『あたし』だっけ？

『心愛』って言っていた気がしたんだけど？

「ねえ……心愛？」

『金がねぇからって娘にカビたパン食わせるかよ、普通』

お腹を擦りながら起き上がってきた心愛は、私の見たことのない表情をしていた。

眉間にシワを寄せ、爪を噛《か》みながらカーテンを睨みつけるようにして座っている。

こんなの、心愛じゃない。

だって心愛は……いつもニコニコしていてふわふわな雰囲気で、かわいいのに。

まるで不良みたいなこの人は、誰?

心愛の家が貧乏なのは知っていたけど……ここまでだったの?

「ねぇ、嘘でしょ心愛……。違う、あんたは心愛じゃないよね? ねぇ、お願いだから答えてよ……」

『あーあ……マジ腹いてぇ。授業行きたくねぇけど、あいつら絶対あたしが仮病使ってると思ってっからなぁ……行ってやるかぁ』

バリバリと頭を掻きながら私を素通りした心愛。

……なんで? なんで無視するの?

「ねぇ心愛!!」

『あーだりー……』

「えっ!?」

ひとり言を呟いて保健室を出ようとしている心愛に手を伸ばす。

だけど、その手は空を切った。

ううん、違う。届かなかったんじゃなくて……さわれなかったんだ。

「え? え、え?」

何度も、何度も何度も何度も心愛の肩を掴もうとする。

でも、一向にさわれない。

すっ、って……私の指が透き通って貫通する。

なんで私、透けているの？

私、死んだの？

いや、まさか。

だって私は教室で寝ただけだし……って、もしかして、これは夢？

しかも、心愛は私がいることに気づくことなくひとり言を呟いていたけど、あれは心の声……とか？

夢なんだからありえないことでもない。

そもそも、私の声は心愛にまったく届いていなかったし……。

じゃあ仕方ないか。

とりあえず、心愛についていこう。

いつの間にか保健室を出ていた心愛。

バタン、と目の前で扉が閉まった。

「あっ、待って……」

言いかけて、口をつぐむ。

やっぱりドアをさわることもできなかったから……。

「えぇ……これ、向こう側に行けるの？」

腕はすり抜けているみたいだけど、私には扉がしっかりと見えている。

仮に今の私は壁やドアをすり抜けることができるとしても、目の前にあると認識しているものに突っ込んでいくのには少し抵抗がある。

だって、もしすり抜けられなかったら……絶対に痛いでしょ？

でも、うじうじしていたら心愛に置いていかれちゃうし……。

「……もう、どうなっても知らない‼」

ぎゅっと目を瞑ってヤケクソ気味にドアに突進することにした。

なんと表現していいのか、ふわ？　それとも、ぐっ？

よくわからないけどそんな変な感じがして、私はドアをすり抜けた。

本当、変な感じ……。

「あ、心愛！」

いけない、よくわからない感覚に思いをはせている場合じゃなかった！

早く追いかけなきゃ！

二階に上る階段付近にいる心愛を見つけて、焦りながら走る。

不思議……床は歩けるし、階段も普通に上がれる……。

タタタッと階段を上がっていくと、またぐわっと変な感じがした。
今度は何？　私、今何かをすり抜けたよね？
くるっと後ろを向くと、教室のドアの前に立ち止まる心愛がいた。
あ、心愛をすり抜けちゃったのか……。
曲がり角を曲がってすぐにいたから気づかなかった。
心愛は、どこか険しい顔で教室のドアを見つめている。
そういえば教室が静かで……だけど、何か聞こえるような……。
「……にしては……よ……」
この声、智哉だ。
何を話しているの？
疑問に思って扉をすり抜けようとした瞬間、中から怒鳴り声が聞こえてきた。
「何が『死んだよ』なの⁉　あなたたちが殺したようなものでしょ⁉」
……どこかで聞いたことのあるセリフだ。
今のは、学級委員長の芽衣が私たちに向かって言った言葉……だよね？
佐久間が死んだ時の。
「チッ……めんどくせぇな」
ぼそりと横で呟きが聞こえ、扉が開いた。

これはなんとなくさっきまで聞こえていた声と質が違う気がして……たぶん、心の声じゃなくて普通に呟いたんだろうと思った。

私が振り向いた時には、心愛はもうにっこり笑ったいつもの心愛のように見えた。

「なぁに、これぇ？　みんな揃って辛気臭いねぇっ」

そう言い放った心愛をびっくりして見つめているのが芽衣に、広樹に、智哉に真理。

そして――私。

「心愛、あんた保健室に行ったんじゃなかったの？」

そう言ったのは紛れもなく私。声も仕草も……全部が私。

まるで鏡を見ているような光景に、吐き気がした。

くらくらと目眩《めまい》がする。

貧血みたいな症状に自分でもわかるくらい顔をしかめた私は、その場にしゃがみ込んでしまった。

目の前が真っ暗になって、何も見えない。

まわりの音もどんどん遠くなって、何も聞こえなくなっていく。

なんなのよこれ……！

何も感じなくなっていく中、心愛の……あの低い声が聞こえた。

『……明美ちゃん……あたしと遊んでくれてありがとね。お金がなくて何もできなかったあたしと遊んでくれたのは、智哉以外で明美ちゃんが初めてだったの。智哉も明るくなって……こんなことになって、やり方は間違えちゃったのかもしれないけど。あたし、本当に幸せだったよ。だから、明美ちゃんには生きててほしいんだ。あたしに何ができるのかわかんないけど、きっと救ってみせるよ。あたしが救われた分、ううん、それ以上に！』

しばらく目を瞑ったまましゃがみ込んでいると、やっと吐き気が治まってきた。目眩もよくなってきて、そっと目を開けてみる。

よかった、もう大丈夫みたいだ。

「うっしゃ！　取れた‼」

「わぁっ⁉」

いきなり耳元で聞こえた声に、大袈裟なくらい飛びのいてしまった。

今度は何？

今の声は広樹だよね？

「明美、取れたぞ」

「あぁそう。ありがと」

いつの間にか教室から場面は変わっていて、うれしそうに笑う広樹に素っ気なく答えたのは、『私』。

また私は、第三者視点で『私』を見ているようだ。

なぜだか今回は、気持ち悪くなっていない。

「ね、今日はみんな何時まで遊べる？」

「俺はいつもどーり何時まででも」

「私も〜。心愛も？」

「もっちろーんっ」

やはりどこかで聞いたことのある会話が飛び交い、私の目に映る『私』はホッとしたような表情を見せた。

……私って、こんなにわかりやすかったんだ。

知らなかった。

「ん、そーだ、今思い出したんだけどよ、うちの学校、出るらしいぜ〜」

「出るって何がよ？」

「バッカお前、幽霊に決まってんだろ」

あからさまに呆れた顔をした『私』は、広樹からぬいぐるみを受け取った。

この場面はよく知っている。

たしかこのあと真理が怖がって、広樹の学校に行こうっていう提案に私と心愛が乗るんだ。

「なぁ、行ってみねえ？　学校」

「えっ……」

「いーんじゃない？」

ほら。

私が賛成して、行くことになって……。

そして、真理と別れる。

「ばーいばーいっ」

ぴったりそのままだ。

すると、ぐるん！と私の視界が一回転した。

私が回ったというよりは、私だけ取り残されて世界がぐにゃりと曲がったような感覚に、思わず目を細める。


どうやら、場面が変わったようだ。

私は空を飛んでいるようで、普段は見ることのない上からの景色が見える。

地図を見ているように感じる。

だけど真理がその道を歩いているから、地図なんかじゃないんだと気づいたのだ。

遠目からでも怯えた様子がわかるくらい、怖がっているようだ。

これは……家に誰もいなかったから、私たちのいる学校に向かっている最中かな？

今、真理が歩いている方向は真理の家と真逆で……そして、学校へ行く道だから。

『最悪……家に誰もいないなんて。お母さん、今日は帰ってくるつもりだって言ってたのに……』

なんとなくくぐもった真理の声に、また心の声なんだと気づかされる。

半泣きの真理からは、愚痴ばかりが聞こえてきた。

『お母さんもお父さんもいっつも帰ってこないし……私にお金ばっかり与えて、それで育てているつもりなの？　私はお金で動く機械じゃないのに……』

……お金……。

たしかに真理は私が金欠だから遊べないって言うと、迷いもせずに『じゃあ今回は奢るよ！』って言ってくれる。

家も豪邸だし、お金はあるんだなってそこそこ感じてはいた。

でも、お金だけ与えられてあとはほったらかしだなんて……。

そういえば、真理はあまり自分のことを話さなかった。

小学生のころから知っているのに。

……私は、いったい何を見てきたんだろう？

佐久間のことはもちろん、一番近くにいたはずの真理のことすらこんなにわかっていなかったんだ。

『私が怖がりなのだってきっと知らない。普通は親って誰よりも子供のことをわかってくれる存在じゃないの？　あんな人たちより、明美たちのほうが私のことをよく知ってる……。お母さんが帰ってくるから大丈夫だなんて考えた私がバカだった』

最初から明美たちについていけばよかった、と心の声は続ける。

真理はいつも他人の心配……というか私の家の事情を知って心配してくれていたけど、真理の家だって大変だったんじゃない。

真理の愚痴を聞いている間に、いつの間にか学校まで来ていた。

真理は恐怖からか、入ることを躊躇《ためら》う素振りを見せた。

「……っ」

ちょうどビュウッと風が吹き、木々が揺れ、真理が唾を飲み込んだのがわかった。

そして真理が意を決して校内に足を踏み入れた瞬間――また、ぐらりと視界が揺れ、真理の声が聞こえた。

『明美……。私は明美から、親からは貰えなかった愛を貰ったよ。いつも一緒にいて、私は楽しかった。楽しむことを優先しすぎて、どこかで歪んじゃったけど……私は救われたよ。だから明美……今度は私が救う番。お金以外のことをさせて。私と明美は一生友達だからね？』

次に目を開けると、そこは真っ暗だった。

……また場面が切り替わったようだ。

今度は誰？

残りは智哉か広樹……。

どっちだろうと思いながら視界が開けるのを待つけど、なぜかずっと黒いままだ。

キョロキョロとあたりを見回すけど、黒いだけで何も見えない。

少し歩いてみると、ごん、と何かにぶつかってしまう。

「な、何よこれ……壁？」

ひんやりと冷たい感覚。

暗い空間をじっと見つめていると、目が慣れてきたのか少しだけあたりの輪郭がわかるようになってきた……気がする。

どうやら、学校の廊下にいるようだ。

すぐそこに教室があるけど、暗いせいでなんの教室なのかはわからない。

入ってみればわかるかな？

そう思ってドアに手をかけるけどやっぱりさわれなくて、仕方なくドアをすり抜けて中に入った。

キラッと、今の私の目には眩しすぎる光がある。

教室の中に入った第一印象はそれだった。

『うーん……どこ行ったんだろう？』

あ、これは智哉の声だ。

じゃあ、ここにいるのは智哉？

教室内の光の棒は、何かを探し求めているように蠢《うごめ》く。

その動きで私は、それが懐中電灯の光だと気づいた。

今の状況が理解できた。

きっと智哉は今、シャープペンシルを探している。

心愛に貰った誕生日プレゼントのシャープペンシルを。

『親がうるさくなければもっと明るいうちに来られたのに、勉強勉強ってうるさいんだよね……。親が寝るのを待っていたら、案の定こんなに探しにくくなってしまったじゃないか……』

はぁ、とため息が聞こえそうな心の声。

なるほど、親が寝るのを待って、それから家を抜け出してきたのか。

やっぱり智哉の家は厳しい。

私の親もろくな奴じゃないけど、智哉の親と比べると勉強よりはまだいいかな、なんて思ってしまう。

自由のない生活なんて、私だったら耐えられない。

勉強は嫌いだから、なおさらだ。

「ここにはないのか？」

智哉が呟くと音が反響して、なんだか私の脳みそに直接話しかけられたような気分になった。

それに連動するように、目眩が始まる。

なんか、智哉の夢は短かったなぁ……。

そんなことを思っていると、また声が聞こえてくる。

『明美。息抜きを教えてくれてありがとう。内容はよくないことだったし、その結果がこれだから……他の方法を見つけるべきだったよなって思うけど。でも、それでも楽しく過ごせたのは明美のおかげだ。心愛も、明美のことが大好きだって……感謝してるって言ってたよ。明美が困ってたら助けたいって。だから、俺も協力する。さっきはそれも忘れて暴走して……ごめん。広樹も真理も、ごめんね』

……。

心愛を失って、暴走した智哉。

私も広樹を失って……暴走したくなる気持ちが、痛いほどわかった。
広樹だけじゃない。
心愛も、真理も……もちろん智哉も、死んでしまった時は悲しくて、苦しくて。
……佐久間は……友達を失う痛みを、何度感じたのだろう。
……おかしいな。
違う。今のは昨日見た予知夢の続きで、起きたら、みんな生きているんだよね？
まだ一学期の中間テスト前で、佐久間も生きている。
そっちが現実だよね？
明らかに私は混乱していた。
大丈夫。みんな生きているに決まっている。
私は自分にそう言い聞かせて、無理やり思考を振り払った。
きっと、次で最後なはず。
最後は広樹。
広樹はいったいどの場面なのかな。
私はただ、黙ってその時を待つ。
もう一度、広樹を見られるのなら……なんだっていい。
……違う。違う違う違う！　これじゃ、まるでもう広樹が死んでいるのが前提みたいじゃないか。

広樹は、みんなは、生きている！

死んだのは夢の中。

起きたら広樹とも会えるはずなのに……何を思っているんだろう、私は。

おかしい。

でも、なぜか……会えないような気がする。

そんなことあるわけないのに……。

きちんと会えるはずなのに……。


「明美」

「え……？」

やけにはっきり聞こえた声。

ずっと聞きたかった広樹の声。

後ろから聞こえた声に、私は振り返った。

「広樹っ!!」

「よぉ、明美」

いつもみたいに軽く笑う広樹に、涙が浮かぶ。

でも、広樹の姿を見逃すまいと慌てて袖で拭った。

「なに泣いてんだよ。俺は笑ってる明美のほうが好きだぜ?」

「広樹ぃ……!」

「だから泣くなって」

ぽんぽん、と頭を撫でてくれる広樹。

それがうれしくて、また涙が出てきてしまった。

黒い空間に浮かぶ、広樹と私。

異様な状態なのに、それについては何も感じなかった。

「明美、よく聞いてくれ」

「……? ……う、うん……」

いきなりらしくもない真剣な表情に変わった広樹を見て、なぜだか私も背筋を伸ばしてしまった。

そんな広樹のまわりに、三つの小さな光が飛ぶ。

「わっ、何これ……?」

広樹が手をかざすと、三つの光は一つにまとまった。

ふわふわと浮く一点の光。

「……これは、心愛、真理、そして智哉の魂だ」

「……魂？」

「そう……魂」

聞き慣れない言葉に耳を疑う。

魂ってことは、みんな死んでしまったみたいではないか。

あれは、夢だったんでしょ？

「待ってよ広樹……みんなは、死んでないよね？」

「……。死んだよ……みんな。心愛も真理も、智哉も。そして……俺も」

「……嘘……」

夢じゃ、なかったの？

まさか……現実だと思っていたのが……夢？

今、見ていたのは？

全部夢？　これも……夢？

「広樹、嘘でしょ……」

「嘘じゃない」

「嘘だよ……嘘だ嘘だ！」

「嘘じゃない‼」

「やだ！　聞きたくない……‼」

「明美……！　頼む……聞いてくれ……！」

「っ……」

耳を塞ごうとした手を広樹のしっかりとした手で掴まれてしまう。

この感触……広樹だ。

間違いない。どうしよう。

これじゃあ否定したくてもできないよ……。

みんなは死んでいないって……広樹は生きているって信じたくても、できないよ‼

「うわあぁぁぁぁあっ‼」

「……」

私がその場に崩れ落ちると、広樹は無言で背中を擦ってくれた。

「うぇっ……ひっく……うわぁぁあっ……！」

私の叫びが……嗚咽《おえつ》が止まるまで何度も何度も、ただぽんぽんって。

本当、生きているみたいだ。

……これ以上、泣いていたらダメ。広樹の話を聞かなきゃ。

これ以上、現実から目を背けていても……どうにもならないんだ。

死んでしまってまで……広樹に悲しい顔をさせるわけにはいかない。

広樹が私のために強くいてくれたように、私も……もう悲しませるのはやめなくちゃ。

「うっく……ごめん広樹……。大丈夫だから……わかったから続けて……。話を……続けて……」

「……わかった。簡単には信じられないかもしれないけど、これは、本当にあの三人の魂なんだ」

「うん……広樹が言うんだもん。信じるよ……」

「そっか。ありがとう。それで、こいつらはお前を救いたいって思ってる。死んでも、救いたいって思ってる」

「……」

「死んでしまった俺たちに何ができるかって言われると、そんなのたかが知れてるけど、それでも俺たちは決めた。どんな形であれ、お前の力になるって」

みんなが……私の、力に……？

「俺らの最後の力、全部お前に託すから。お前だけでも生きてここから出てくれ。それが最後の俺たちの願いだ」

「え……」

そんなの、ダメだ。

いじめのきっかけは、些細《ささい》なことだったけど間違いなく私にある。

私がイタズラを始めたから。

エスカレートしていってもやめなかった。

佐久間が注意してくれた時点でやめるべきだったんだ。

なのに、佐久間を気に入らないって。

最初にそう発言したのは……私じゃなかったか？

「だ、ダメ……だって、私のせいでみんなが……」

「それは違う。明美のせいじゃない。いじめは、俺たちみんながやったことだ」

「でも……！」

「俺たちは明美に生きてほしいと思ってるんだよ！　いじめが誰のせいとか、そんなこと関係ねぇ！」

大声を出した広樹に驚いて顔を上げると、真剣な目と目が合った。

「だから……諦めないでほしい」

「……。ありがとう……みんな、ごめん……ありがとう……！」

ぽろぽろと涙が出た。

袖で拭っても拭っても、溢れて止まらないほど。

広樹はそんな私の頬をそっと撫でてくれて。

ゆっくりと、顔が近づいてくる。

私と広樹は、最後のキスを交わした。
もう二度と触れることのない感覚をじっくりと味わうようにゆっくりと……。
やがて、広樹の姿は小さな光に変わっていった。
三人の光と同化して、私の中に入ってくる。
温かくてどこか懐かしい……そんな感覚があった。
『愛してる』
そんな声が、たしかに聞こえて。
そして私は、ゆっくりと現実に引き戻されていった。

オワリノトキ

ゆっくりと目を開ける。
暗い。
手足の感覚が戻ってくる。
でも、右手の感覚は戻ってこない。
痛みは——ない。
使える右目だけでまわりを見渡すと、先ほどと変わらない光景が映った。
血まみれで倒れる広樹と、そのそばにいる私、そしてそれを見おろす佐久間。
先ほどと違うのは、私がやけに落ちついていること。
あと、佐久間が笑っていないこと。
「……広樹」
私が広樹に手を伸ばすと、広樹の体は透けて……すっと消えてしまった。
……さわれなかった。
きっと、心愛や真理、智哉もこうして消えていったんだろう。

不思議と、涙は出なかった。

「……明美は何を見ていたの？」

「……。今までの夢は、あんた……佐久間が見せたの？」

ボソッと問いかけてきた佐久間に、私は目線を合わせる。

なんでこんなことになったのかわからないと言った私に、佐久間をいじめていたことを思い出させようとしたのだろうか。

忘れているわけがない。

あれは、私たちの罪だ。

気づくのが遅すぎたけど……この罪は背負っていかなければならない。

「違う……。私が見せたのはいじめのことだけ。だけど明美は、それよりも遥かに長く眠ってた……。だから明美、明美は何を見たの？　どうして……痛くないの？」

その問いに、ハッとした。

私に力を……って、そういう意味だったのね。

痛みを感じなくなる……って。

それだけでも好都合だ。

左手には生徒玄関の鍵がある。

これを持って生徒玄関まで走ればいい。

そうしたら逃げられる……。

……でも、それだけじゃダメだ。

「……佐久間。どうして最初に会った時、私を殺さなかったの？　なぜ……私を何回も助けたの？」

ずっと聞きたかったこと。

佐久間は、いじめられていた時とは打って変わって、私から少しも目をそらさない。

その瞳はなんだか私のすべてを見透かしているようにも見えて、私のほうが先に目をそらしそうになってしまう。

顔を背けたくなる衝動を堪えながら佐久間を見つめ続けると、どこか挑戦的な視線を投げたまま佐久間は口を開いた。

「……私は明美が一番嫌い」

「……」

「最初に私をターゲットにしようって言ったの……明美でしょ？　知ってるよ……。だから、これはすべて明美のせい。私をいじめた明美のせい。だから……」

「……」

私のせい。

広樹は違うと言っていたけど……やっぱり、原因は私だよね。

一度言葉を区切った佐久間が、にやりと歪《いびつ》な笑みを浮かべる。

……佐久間は、こんな顔をする人じゃなかったはずだ。

私が変えてしまった。歪めてしまった。

「……明美は最後に殺すの。苦しみと絶望、恐怖をたくさん与えたあと……私が殺す。だって簡単に死んじゃったら面白くないでしょ？　私が明美を助けてきたのは、そういう理由」

「……そう」

「あぁ、ちなみに心愛を殺したのは私じゃないよ。明美も見たよね、保健室の。あの時に心愛は捕まったの」

「……？　でも、そのあと心愛に会ったような……」

「あれは違う。あれは私。だってもっと目の前で消えたほうが、不安になるでしょ？ねぇ、明美ちゃん？」

ぶわっと佐久間の姿が歪んだと思ったら、目の前には心愛がいる。

ううん、心愛の形をした佐久間が……。

声も、口調も心愛だった。

こんなの、見分けがつくわけない。

「心愛が死んだのを知った智哉が暴走するのは予想できた。だから、心愛に図書室の鍵を持たせたの……。私の作戦は完璧でしょ？　智哉も明美も、思いどおりに動いてくれたし」

ふふっと佐久間が笑う。

「広樹が明美に告白した時は、しめたと思ってね……油断して舞い上がったところを地面に引きずり落とす。いや……それ以上にもっともっと……地獄まで引きずり込むの。明美、本当に絶望してたでしょ？　あんなに取り乱して、面白かったなぁ」

くすくすと思い出し笑いをする佐久間。

「ねぇ明美。今、どんな気持ち？　苦しい？　辛い？　もうやめてほしい？」

ぐっと私の顔を覗き込んだ佐久間は、次の瞬間くるりと後ろを向いた。

「な一んてね。やめてあげるわけないから、答えなくてもいいよ」

その背中が微かに震えていて、笑っているのがわかる。

……佐久間は、さっきからずっと笑っているけれど、心の底から笑っているのかな。

佐久間は、私たちのイタズラに嫌な思いをしていた人のために、危険も顧みず声を上げたような人だ。

人が傷つくのを黙って見ていられない人。

そんな人が……人を傷つけて笑っているなんて。

「……ごめんなさい」

「は？」

私の謝罪の言葉に、佐久間の動きがぴたりと止まった。

私に背を向けているから、その顔は見えない。

「あなたをいじめていて、ごめんなさい。遅すぎるけど……本当にひどいことをしていたって。反省してる」

「……」

「もう、謝ったってどうにもならないことはわかってる。許してもらえるようなことじゃないのも。……けど、それでも」

こちらを見ようとしない佐久間に向かって、頭を下げる。

左目から、ぽたぽたと液体が垂れたのがわかった。

「……ごめんなさい」

「……何、それ」

再び私が謝ると、頭上から低い声が聞こえる。

……頭を上げられない。

佐久間がこっちを向いているのか、後ろを向いたままなのか、それすらわからない。

それ以上に、佐久間がどんな顔をしているのか、見る勇気が出なかった。

「何、今さら。やめてよ、気分悪い」

「……」

「バカじゃないの。今さらやめられるわけないでしょ」

「うん」

「……何が『うん』なの!? 殺すって言ってるんだよ!? もっと怖がってよ! 泣いて絶望して喚き散らして、這いつくばって『殺さないで』って懇願してよ!」

佐久間の叫びに共鳴するように、びりびりと職員室の窓が揺れる音がする。

腹の底から叫んでいるような、悲鳴のような声だ。

「……ごめんなさい」

「っ……ふざけるな! これじゃあ私は……なんのために……!」

「……」

荒い呼吸を繰り返していた佐久間の息が、一瞬止まる。

しん、と急にその場が静まり返った。

「わかった」

「……え?」

「……生徒玄関、行きたいんでしょ。行けば」

「え……」

驚いて顔を上げるけど、佐久間は私に背を向けたままだった。

そのまま、佐久間は言葉を続ける。

「別に、許すわけじゃないから。ここから出る前に私が捕まえたら殺すよ。せいぜい逃げてみなよ」

「佐久間……」

チャンスをくれる、ということだろうか。

ぎゅ、と左手の中にある生徒玄関の鍵を握り直す。

一向に振り向かない佐久間に、それ以上声をかけてはいけない気がして。

私はそっと職員室から出る。

……さっきまで学校中を彷徨っていた幽霊も見当たらない。

職員室から生徒玄関までは、廊下をまっすぐ行くだけ。

間に保健室がある。

……そこから、きっとあの幽霊が出てくる。

私たちの恐怖の始まり。

……逃げきろう。

力をくれたみんなのためにも、佐久間のためにも。

覚悟を決めて、私は廊下を全速力で走り出した。

保健室の前を通り抜ける。

――ガラッ！

後ろから何かが聞こえようと、保健室から幽霊が出てこようと、そんなことを気にかけている場合じゃない。

だたひたすらに走った。

ところが途中、そんなに長い距離ではないのに、走っても走っても前に進めないような感覚に陥った。

でも、この走っている時間が一生のように感じるのもすべてまやかしで……。

なんとかたどりついた生徒玄関から、来た道を一瞬振り返る。

やっぱり、保健室から出てきたらしい女の子の幽霊が追いかけてきている。

ぽっかり空いた、吸い込まれそうになるほど真っ黒な空間が広がる目を見ても、もううろたえることはなかった。

……捕まるわけにはいかない！

握りしめた鍵を鍵穴にあてがうけど、利き手でない左手しか使えないことと手が震えてうまく刺さらない。

「早く……‼　お願い、早く刺さって！」

力任せに鍵を押し込む。

よかった。刺さった‼

鍵を回すと、ガチャリといい音がした。

こんなにいい音を聞いたのは、こんなことになってから初めてかもしれない。

これで鍵は開いた。

出られる……‼

はやる気持ちに背中を押され、飛びつくように扉に手をかける。

「……ごめん、明美」

「⁉」

開けようとした瞬間、突然後ろから聞こえた声に私の体はびくりと反応して。

扉を開くことができなくなってしまった。

この声は。

……もう、いないはずなのに。

なんで？

「……広樹？」

「……俺、間違ってたんだ」

「え……？」

間違っていた……？　どういうこと？

ギギギ、と錆《さ》びた音がしそうなほど、ぎこちなく私の頭は後ろを振り返る。

そこには保健室のあの幽霊の姿はなく……目を伏せた広樹が立っていた。

その目に生気はない。

広樹の、幽霊？

絡み合わない目線が、私の体を震わせる。

カタカタと全身が震え始める。

「どういうこと……？　間違ってたって何……？」

「明美……ごめんな……」

「何がよ……言ってくれないとわかんない……！」

私の言葉には何も言わず、ただ『ごめん』と繰り返す広樹。

その横から、佐久間が姿を現した。

「っ‼」

「明美、追いついたよ。生徒玄関の扉……開けたんだね」

「え……えぇ。これで、ここから出られるんでしょ？」

「……」

乾いた笑みを顔に貼《は》りつけた私を、佐久間も広樹もただ無言で見つめている。

無意識に、ひゅうひゅうと乾いた息が漏れる。

どうして?

佐久間はどうして、何も言わないの?

広樹は……どうしてそんなに悲しそうな、申しわけなさそうな顔をするの?

ふいに、ぽつりと広樹が呟いた。

「……。そこからは……出られない」

「……」

そして、俯いてしまった広樹。

どういうこと?

出られないって……。

……震えていた体が、全身で私の本当の思考を後押しする。

違う。……私は予想していたんだ。

苦しそうな広樹の声を聞いたその瞬間に、すべてを理解していた。

……きっと、出られないんだろうなって。

あぁ、やっぱり。佐久間は私を許さなかったんだ。

感情は、何も湧いてこなかった。

「とりあえず、たどりついたんだから開けてみれば?」

無表情のまま口を開く佐久間から、視線を扉に戻した。

ぐっと指に力を入れる。
そして、扉を引いた。
扉はなんの抵抗もなく、すんなりと開く。
でも、足を踏み出すことはできなかった。
「……何よ……これ……」
私は、絶句した。
扉は開いた。
だけど……扉の外は、いつもの道じゃなかった。
何もない空間にポツンと校舎だけが浮いている。
そんな表現しかできないような……。
そうだ。
恐怖で外を気にしている暇なんてなかったから……外を見ていなかった。
雲一つなくて、木も、建物も、何も見えない。
ただひたすらに黒いだけ……。
「無理だよ。明美はここから出られない。他のみんなも……もちろん広樹もね」
「どういうこと……?」
「あぁ、でも厳密には違うかな。ここで死んだら、体だけは現実にあるよ。死んだ状態のまま、遺体で発見されて終わりだけどね」

「……」

「さっきの広樹は、魂だけの状態でここを彷徨ってるんだよ」

「心愛と、真理と……智哉もいるの？」

「いるよ。魂って不安定な状態だから、ずっと見えるわけじゃないけど。ほら、私だって見えたり消えたりしたじゃない？」

「……」

いつの間にか、広樹が消えている。

どこかに行ってしまったのか。

それとも……見えないだけで、すぐそこにいるのかもしれない。

広樹だけじゃなくて、みんないるのかな。

「……生徒玄関に行けばって言ったけど、出してあげるとは言ってないよ。……捕まえたから、死んでね」

佐久間の手が、私の腕を捕まえた。

視線が交差する。

無表情だった佐久間が、少しだけ微笑んだ。

でも、その目は笑っていない。

保健室の幽霊の、あの目があるべきところに存在する空虚な黒。

あれに似ていた。

「私は自殺したんだけど。どうやって死んだかわかる?」

「……」

もう、答える気力もない。

黙って、力の抜けた足に従うようにただ座り込もうとすると、ぐいっと捕まえられた腕を引かれた。

「答えてよ。私はどんな死に方をしたと思う?」

「……」

それでも黙っていると掴まれていた腕が離されて、次は髪の毛を横に引っ張られて倒れ込んでしまった。

もういい、と言わんばかりの力だ。

「……私はね。自分で自分の喉を刺したんだよ。こーんなに鋭くて長いナイフで刺したんだけど……」

手でこれくらい、とナイフの大きさを示した佐久間。

それからぶんっと手を振ると、いつの間にか佐久間の手には包丁が握られていた。

一瞬のうちに何をしたんだろう?

「ここにはナイフなんてないから、包丁でいっか。ナイフより切れ味が悪くて死ににくかったらごめんね」

そう言って、ぎゅ、と私に包丁を握らせた。

完全に力をなくした私は、されるがままになる。

「行くよ。覚悟はいい？」

包丁を握った私の手に佐久間の手が重なり、包丁が私に向けられる。

包丁って、先っぽ丸いんだなぁ……。

これじゃあ、たしかにすぐには死ねそうにない。

「せーのっ」

佐久間が、渾身《こんしん》の力で包丁を押し込む。

グサッとたしかに私の首に刺さった包丁が、ぐりぐりと深くまで入ってきた。

それでも、私は死なない。意識がちゃんとある。

ズキズキと首が痛むけど……叫ぶくらいの痛みでもない。

あれ？　首が切られているんだったら叫べないか。

じゃあいいや、これで。

服が、じわじわと赤く染まる。

痛みをあまり感じないのも、意識が遠くならないのも、たぶんみんなから貰った力のせい。

……余計なものを貰っちゃったかな。

これじゃあ死ねないじゃん。

佐久間は無表情に包丁を押し込み続ける。

力が私の命を繋ぎ止めるほうに意識集中しているのか、痛みが徐々にはっきりとしてくる。

やめてよ……。

どうせなら、痛みを感じないままに死なせてよ。

みんなの願いは私に生きていてもらうことだから……私は死ねないの？

「あ……あぁ……い……だい……」

声を出すことも叶わない。

だけど、痛みは増してくる。

なのに、一向に気は遠くならなくて……逆に狂ってしまいそうだ。

「あぁ、まだ死なないでよ、明美。自分で刺したとは言ったけど、それで死んだとは言ってないでしょ？　私はね、それから飛び降りたの。学校の屋上から真下に、一直線。さ、屋上に行こう？　明美はよくわからないけど変な力を持っているから死なないでしょ？　ほら、早く歩いて！」

ぐい、と手を引かれ立ち上がる。

やめて、押さないで。私を揺らさないで。

揺らすたびに刺さったままの包丁が動いて痛いから……。

痛い……痛いよ……

「遅いよ。早く早く！」

無理やり明るい声を出しているようにも聞こえる佐久間の声とともにぐいぐいと押される勢いに負けて、私はバランスを崩す。

床に当たったせいでまた、包丁が深く刺さった。

痛い。痛いなぁ。

こんなことなら早く死にたい……。

死ぬことさえできないなんて……！

階段を上るのが辛い。

一段一段、踏みしめると『ピチャン』って音がする。

血が流れ落ちているのは知っていることだけど、その音がさらに私に痛みを感じさせるから。

……ねぇ、広樹。

私どうせなら、命を繋ぎ止めるんじゃなくてさ……楽に死ねる力が欲しかったよ。

ホラー映画に出てくる緑色の血まみれのゾンビの如く体を引きずって屋上にたどりついた私は、最後の力を振り絞って重たいそのドアを開けた。

これを開けなければ、私は絶対に死ねない気がして。

やっと死ねると、安堵した。

手すりも何もない屋上に入ったのは初めて。

だって現実の屋上では立ち入り禁止なんだもん。

こんな形で入るとは夢にも思わなかったんだけどなぁ……。

「お疲れさま。やっとついたね。ゾンビみたいな明美、面白かったよ。じゃあばいばい。あとは自分で飛び降りてよね。私、見てるから」

声を発することができない私に向かって、佐久間は一方的に声をかけて手を振った。

なんなんだろう、その表情は。

私を殺せてうれしいんでしょう?

……なら、笑えばいいのに。

私が壊してしまった佐久間は、人を傷つけて笑う人になってしまったのだから。

そんな変な笑顔をすることないじゃない。

無表情なのに口角だけが上がったような、ちぐはぐな顔。

でも……もう、なんでもいいか。

私はすぐに死ぬのだから。

「……やっと……死ねる……」

私は喉がやられているせいで音が濁って発音できているか微妙だけど、歓喜の声を漏らした。

あぁ……私は今、笑っている。

今から飛び降りるのに……変なの。

屋上の縁にやっとたどりついた私は、迷いもなく空中に足を滑らせた。

ふわっとした浮遊感。それは私を死へと誘う感覚だ。

――グシャリ。

耳元で、また嫌な音が聞こえた。

すぅっとすべての感覚がなくなっていく。

さっきまで真っ暗な空間だったのになぁ。

私が落ちた場所だけ、まるで私を待ち受けていたかのように地面がある。

最後の時を感じながら、自分が落ちてきた屋上を潰れていない右半身だけで振り替えると……。

私の右目が、佐久間の姿を捉えた。

やめて。そんな苦しそうな顔で私を見ないで。どうせなら笑ってよ。

そんな私の思いが届いたのか、ふっと、佐久間の顔が力が抜けたような優しげな微笑みに変わった。

それが、私が見た最後の光景。

そして……私が待ち望んでいた死が、やっと訪れた……。

第三章　トツゼン

アンナイ

「え……狛《こま》くん、知らないの?」

「……あぁ、さっぱり」

そう素っ気なく答えたのは、今日転校してきた黒田《くろだ》狛くん。

学級委員の私……芽衣は今、狛くんに学校を案内している途中だ。

昨日までこの高校は休校だった。

話題は、その理由について。

「結構ニュースでもやってたと思うんだけど……」

「……俺、テレビ見ないし」

そ、そうなんだ……。

ニュースを見ないって言うならわかるけど、テレビ自体を見ないなんて今時の高校生にしては珍しい……っていうか、変わっている……。

「……えっと……。これは……一ヶ月前くらいの話。私のクラスメイトの、佐久間詩野っていう女の子が自殺したの」

「……自殺？　まさか、それが理由とか言わないよな？」

「うん、違うよ。それから、その佐久間さんをいじめていた五人……明美さん、真理さん、心愛さん、智哉くん、広樹くん。この五人が行方不明になってしまった……あ、ここが理科室ね。人体模型とかいろいろあってちょっと怖いから、準備室には入らないほうがいいかも」

何も知らずに理科準備室に入って、振り向いたら目の前に人体模型……という経験があったのを思い出してつけ足す。

あれは本当……怖かった。

もう一年も前のことなのに、今でもはっきり覚えているくらい。

「で、その時点で私たちのクラスでは佐久間さんの呪いじゃないか……って噂になったんだけど。私を含め数人は、そんなのただの偶然だって思ってた……。だけど、次の日には呪いだって信じざるをえなくなったの」

「……」

理科室を通りすぎ、歩きながら説明を再開する。

正直、あまり口には出したくないんだけどなぁ……。

「私は見てないんだけど……一時間目に音楽の授業だったクラスの人が、見つけちゃったの。音楽室で……心愛さんの遺体を……。まわりは血だらけで、見るも無惨な光景だったみたい。これが、遺体を見つけた一日目」

あの時は、軽く学校中がパニックになった。

明らかに自殺ではないその様子を見て、先生たちが『まだ殺人鬼が学校にいるかもしれない』と言い始め、その日は早々に帰らされたんだっけ。

実際にその遺体を見てしまって嘔吐している人やパニックになって暴れ始める人が続出して……とにかく大変だった。

「……でも、その次の日には学校は再開された。私には警察の考えとかはわかんなかったけど、もう大丈夫なんだって勝手に思ってたの……。実際にその日……二日目はとくに何も起こらなくて、無事に終わった」

私が言い終わるのと同時に、狛くんが音楽室の扉を躊躇いもなく開いた。

ガラッと音が鳴ってから、その場は静まり返る。

今、ここで遺体が見つかったって話したばかりなのに……よく怖くないなぁ。

もちろん室内には遺体なんかないし、むしろピカピカに掃除されているけど、やっぱりまだ怖い。

「……。で？　終わり？　それだと休校の理由になってないけど」

「あ、ごめん！　ボーッとしてた！　まだ続きがあるから‼」

いつの間にか音楽室の外にいる狛くんに慌てて返事をすると、私は駆け出した。

無理。

遺体が見つかった場所に一人でいるとか、怖すぎて本当に無理。

狛くんに追いついた私は、どこまで話したかを思い出すように考え込んでから、話を始めた。

「……それで事件から三日目、一階の生徒会室の前で、智哉くんの遺体が見つかった。私たちが学校に行く前に先生が見つけたからその日の学校はなくなって、その遺体を見た生徒はいないんだけど……。噂では、心臓が握り潰されていたんだって」

さすがに二人目が見つかったとなれば学校を再開するわけにもいかず、そこからはずっと休校。

それが、昨日まで続いていたんだ。

「ここからはすべて噂なんだけど、四日目は職員室で広樹くんが見つかったみたい。学校は警察官によってしっかりと監視されていたのに、いつの間にか死体がって感じだったらしいよ。ちなみに、広樹くんも智哉くんと同じ死に方だったんだって」

心臓を引き千切られて、潰される。

血があたりに飛び散っていたことと、血を引きずった跡がないことからその場で殺されたと判断されたらしいんだけど……。

警察の監視下でどうやったのかって話になって、捜査は難航。

「最後、五日目。外で見張りをしていた警察官が、屋上に人影を見つけたんだって。なんだか様子がおかしい……そう思った瞬間、その人はそこから飛び降りた。慌てて駆け寄ると、その人はもう死んでいて……明美さんだった。でも不思議だったのは、その死に方なの」

どこから仕入れているのかはまったくわからないけど、みんなが噂していたことを鮮明に思い出す。

みんな、なんでこんなに詳細を知っているんだろうね、本当。

誰か警察官に聞いた人がいるんだろうか？

聞いたって普通は教えてくれないような気がするけど。

「……自分で自分の首を包丁で刺して、それから飛び降りたらしいの。しかも、包丁を刺したのは一階の生徒玄関……。その状態で屋上なんて普通なら行けるわけもないのに、ぽたぽたと血が続いていたんだって。その血で、自分で歩いたとしか思えないような足跡までついていたらしいよ」

どんなに生命力が強くても、果たして首から血を流しながらその距離を歩くことができるのだろうか？

この校舎は四階建てだから、屋上は五階といってもいい。

首に包丁を突き刺したまま、そんな距離を歩けるわけがない。

「調べたら家庭科室の包丁が一丁なくなっていて……それを使ったらしいの」

警察が学校全体を捜索した時には全部あったし、人もいなかったのに……。

次々と現れた遺体に、警察はもうお手上げ状態だったそう。

「それで、あとから気づいたらしいんだけど。智哉くんが亡くなっていたすぐ目の前の生徒会室の中で、真理さんの遺体が見つかったらしいの。生徒会の集まりがない日は生徒会室なんて使わないから気づかなかっただけで……たぶん、何も起こらなかった二日目からあったんじゃないかな。遺体は腐敗が進んでいて、臭いで気づいたんだって」

連日に渡って見つかった死体に、一向にわからない事件の真相。

今でもまだ、犯人はわかっていない。

「……ねぇ、私さ。初めに、佐久間さんが自殺したって言ったよね。その方法って、なんだったと思う?」

「……」

狛くんは何も答えない。

狛くんってなんか、口数が少ないんだよね。

話している時だって、ただ黙って歩いて聞いていただけだったし。

まあ別にいいけど……。

「明美さんと、まったく同じだったんだよ。喉にナイフを突き刺して、学校の屋上から飛び降りたの。だから……誰が言い始めたのかは知らないけど、みんなこう呼んでいる。『デッドカース』。死者の呪い……ってね」

いじめていた人と、いじめられていた人の死に方が同じ。

とても不可解なことだった。

「それに行方不明になる前……あの五人は普通に笑ってた。佐久間さんが亡くなったって担任の渡辺先生に告げられた時も、動揺すらしなかった……。なのに同じ死に方で自殺なんて、明らかにおかしいよ」

そう……反省なんてまったくしている気配はなかった。

いじめていたことを後悔して自殺した、なんてことはありえない。

笑っていた五人に……私はつい叫んでしまったんだから。

『あなたたちが殺したようなものでしょ⁉』……って。

「……じつはね、あの五人が行方不明になった時……私、ホッとしたんだ。彼らが行方不明になる前に、ちょっと私やらかしちゃって……次にいじめられるのは私だって思ってたから……。これでいじめられることはないって、うれしいって、感じちゃったの。最低だよね、私……」

人が行方不明になったのに喜ぶなんて、人間として間違っている。

そんなのわかっていたけど……それでも思っちゃったの。

「……俺は別にいいと思うけど」

「えっ……？」

気まずくて顔をそらした私は、予想とは真逆の言葉が返ってきたことに驚いてつい顔を上げる。

「いじめられなくてラッキー、とか、人間なら思うだろ普通。いじめられてうれしい奴とか……いねーし」

……。

狛くんって無口で冷たくて苦手なタイプかも……とか思っていたけど……。

案外いい人？

……相変わらず無表情だけど。

「……ありがとう、狛くん」

「は？　なんでお礼言われてんの、俺」

うわ、顔をしかめられた。やっぱ冷たい……。

「めーいっ！　お帰り！　学校案内おつかれーっ！」

「あ、望絵《もえ》。ただいま」

教室に戻った途端、待ち構えていたかのようにバシッと私の背中を叩いた望絵が、にっこり笑う。

意外と痛いから、叩くのやめてほしいんだけど……まあいいか。

「狛！　あんた、芽衣に変なことしてないでしょーね⁉」

「もーえー？　なんでもそっちの話に持っていこうとするのやめてって言ってるよね？」

「えぇー。かわいいかわいい芽衣ちゃんのことだから心配になったんじゃないか‼」

「望絵……なんか言い方がおじさんくさいよ」

「うわ、ひどい。せんせー芽衣がいじめてきまーす」

と、茶番をやっているうちに狛くんはどこかへ行ってしまったようだ。

そういえばまったく関係ないけど、望絵って珍しい漢字だよね。

私は最初、『もえ』なのに『のえ』って読んじゃって……それが私たちが仲よくなったきっかけ。

がさつな望絵は笑って許してくれたけど、もし神経質な子だったら……とか考えて今でもたまに冷や汗をかく出来事。

「ねー芽衣。今日さ、あたし居残りがあるんだよね。委員会でやらなきゃいけないことがあって……」

「あ、そうなの？　手伝おうか？」

「さっすが芽衣！　ありがと！」

……たぶん望絵、最初から私に手伝わせるつもりだったよね？

別に、帰ってもやることないからいいけど。

「じゃあさっそくだけど、これの色塗りしてくれる？」

「ん、わかった。……保健委員からのお願い？　ポスター？　学校に貼るの？」

「そう。あたし色塗りのセンスないからさ」

望絵が、そう言ってははっと笑った。

いや……私もセンスなんてないんだけど。

でもまあ、望絵よりはたぶんマシ。

望絵……小学生のほうがちゃんと色を使えているよってくらいヤバいから……。

この前なんかおもむろに赤い棒が描いてあったから、『何これ』って聞いたら『川』って返ってきたし。

そのあと『なんで川を赤で描くの？』って聞いたら、『金魚で埋め尽くされているから』とか言われたし。

本当、謎。

そんなことを思いながら、私は絵が描いてある紙と色鉛筆を受け取った。

ヨウコソ

絵を塗り始めてから、結構たった……と思う。

正直、時計なんて見ていなかった。

同じポスターを何枚か描かなきゃいけないらしく、望絵はひたすら同じ絵を描き続け、私は塗り続けた。

たしかにこれは一人じゃ終わる気がしない……。

二人がかりでも、終わったのは日が完全に沈んで真っ暗になってからだった。

「……お、終わったー……」

「疲れたぁ……‼　望絵、これ他の人もやるの？　そんなにいっぱい貼れなくない？」

「いや、あたしだけ。ほら……委員長だから、一応……」

「……みんなで分担すればいいのに、先生鬼だね……」

はぁ、とため息をついた時、ザザ……と、どこからか不快なノイズ音が響いた。

ザザ……ザザザッ……。

『あー……聞こえてるかな。えーっと、呼び出しをします。渡辺先生と、二年四組の芽衣さん、望絵さん、朱里さん、桜さん、悠人くん、歩くん……それと、今日転校してきた狛くん！　以上八名は、至急生徒玄関へお集まりください。繰り返します！　渡辺先生、二年四組の芽衣さん、望絵さん……』

もう一度同じ言葉が読み上げられ、放送が切れた。

何、今の。

放送って最初と最後に『ピンポンパンポーン』って入るはずなのに、そんなの一切なかった。

しかも、第一声はまるでマイクテストをしているような感じだったし……もしかして放送に慣れていない？

それに……呼び出しをする時はフルネームで呼ばれるはずなのに、全員名前呼び。

渡辺先生は苗字だったけど……。

「え、ちょ、芽衣！　あたしたち何かしたっけ⁉　二年四組の人しか呼ばれてないし、なんかあったっけ⁉」

渡辺先生も二年四組の担任だ。

考えつくこととしては……佐久間さんか、あの五人のことについて聞かれるとか？

でも今の声は明らかに私たちと同世代の若い女性のもので、警察関係者とは思えな

「……とにかく行ってみるしかないね。こんな遅い時間に呼び出しなんて不自然だけど。もう帰っちゃった生徒だっているはずじゃない？」

たしかに、私と望絵は委員会で居残りしていたけど、他の人は普通に帰っちゃっているいると思うし。

いても、渡辺先生くらいじゃない？

「うわ、芽衣ー……！」

「望絵……これは……」

……。

教室を出て、私たちは初めてその異様さに気づいた。

……廊下が、暗すぎる。

明かりがまったくない。

電気が消されている……。

「ちょっと……どうするの、これ。見えないんだけど……」

「……壁づたいに行くしかないね。電気が消されてるなんて思ってもみなかったよ」

教室がある反対側の壁に手をついて、歩き出す。

階段はこっち側だから……壁をつたっていけばわかるはず。

「望絵、階段気をつけてね」

「うん……大丈夫。目が慣れてきたから……」

たしかに、少しは見えるようになってきた。

かといってここから走れと言われても、絶対壁にぶつかるから無理だろう。

でも、もうちょっと目が慣れたら走れるかも……。


私たちは、どうにか二年生の教室がある三階から一階へとおりて、生徒玄関にたどりついた。

そこには……校内放送で呼び出されていた、すべての人が集まっていた。

「え……みんな、まだ学校にいたの？」

びっくりして問いかけると、そこにいた一人の男子がこちらを向いた。

「あー……てめぇらもいたのか。全員揃ったみてーだな」

そう眉間にシワを寄せて煩わしそうに言ったのは、毒舌で有名な悠人くん。

私はあんまり話したことがないけど……。

というか、悠人くんが同じクラスの歩くん以外の人と話しているのを見たことがないかもしれない。

「もー悠人、人を威嚇しちゃダメだって、いつも言ってんじゃーん！　だから友達いないんだよ〜」

うんざりした声を上げたのは歩くん……歩だった。

歩と悠人くんは幼馴染らしく、いつも一緒に……いや、いつも歩が悠人くんの近くにいる。

歩は悠人くんとは違って人懐っこい性格。

以前、歩くんを〝くんづけ〟で呼んだら、『呼び捨てでいいっていうか是非呼び捨てで呼んで‼』と懇願されたので呼び捨てで呼んでいる。

顔もそれなりにいいせいか、結構なモテ男だ。

「お前らまで残ってたのか！　まったく……こんな遅くまで学校に残って……」

こめかみを押さえてそう言うのは、担任の渡辺先生。

私のほうを見て「学級委員であるお前まで……」と続けて、ため息をつく。

私たちは委員会の仕事をしていたんだけど。

「……それで？　呼び出した本人は来ないわけ？　だったら私は帰るわよ」

下駄箱の側面にもたれながら、ふぁ、と欠伸《あくび》をした朱里さん。

クールな朱里さんはいつもマイペースで……生徒会に入っているから学級委員の私とはそれなりに関わったことがあるけど、掴めない性格の持ち主だ。

「うー……朱里ちゃーん……怖いから早く帰ろうよー……」

朱里さんの腕を掴んで恐る恐るこちらを覗き見る桜ちゃん。

おっちょこちょいなその性格は、男子にも女子にもウケている。

なんだか、憎めない子。

そして――無言で壁に背を預け、腕を組んでいる狛くん。

みんな、こんな時間まで何をしていたんだろう？

そう思った時だった。

ザザッ……。

「‼」

真上にあるスピーカーから、また音が聞こえた。

今度は何……？

『みんな揃ったみたいだから……あらためて。私の名前は、佐久間詩野です』

「えっ⁉」

「……はぁ？」

桜ちゃんと悠人くんが、同時に声を上げた。

桜ちゃんはひどく驚いた様子で、悠人くんは冗談はよせよ……と呆れている様子で。

「あのなぁ……俺はあいつの骨を見てるんだぜ？　それなのにこんな放送、信じられっかよバーカ」

ケッと唾を吐く悠人くんに、声の主は笑った。

『ふふっ……信じられないのはわかるよ、悠人。じゃあ、私しか知らない悠人の秘密を言ってあげようか？　えっとねー……悠人は六歳の時に、私の部屋で私を……』

「……うわあああぁぁあ⁉」

放送の音をかき消すようにいきなり叫び出した悠人くん。

六歳の時……？

それに骨を見ているって……。

何かあったのだろうか？

それに……佐久間さんと昔からの知り合いだったの？

「わかった！　お前が佐久間なのはわかった‼」

『そう？　よかった……けど……悠人……私のこと苗字で……ゲホゲホッ！　んんっ、なんでもない！　えぇと、これで私が佐久間詩野なのはわかっていただけたと思います。みなさんを呼び出したのは、復讐のためです』

「な……⁉　さ、佐久間！　お前がどうして生きているのかはわからんが……先生まで巻き込むのはやめなさい！　くだらないことをするな！」

『いいえ、生きてません。私は死にました。だから、恨んでいます。幼馴染で仲がよかったのに、いじめられた瞬間から見て見ぬふりを始めた悠人と歩』

「「……！」」

明らかに、二人の表情が硬くなったのがわかった。

……幼馴染？

佐久間さんと……幼馴染だったの……？

『高校に入ってからいつも一緒にいたのに、私を助けてくれなかった朱里、桜』

「「……」」

下を向いて、俯く二人。

仲……よかったんだ。

佐久間さんのいじめが始まったのは二年生になってすぐ……つまり、クラス替えで同じクラスになってからすぐだったから知らなかった。

ぎゅっと、桜ちゃんがポケットから取り出したストラップを握った。

それを見て、朱里さんもポケットから同じものを取り出す。

もしかして……三人で買ったお揃い……なのかな。

『本来助けてくれるはずの立場である……渡辺先生と、芽衣ちゃん。あ、望絵ちゃんはついでね？　芽衣ちゃんと仲よかったから……まあ人数的な問題で』

「な、何それ……」

望絵は顔を白くした。

私は……何も言えない。だって本当のことだから……。

『えっと、あとは……転校生かな？　君は、なんとなく。ごめんね』

狛くんはその声に、何も答えなかった。

無表情に、ただ放送を聞いているだけ。

『あ、なんかところどころ敬語が外れちゃってるし……もうやめちゃっていっか。なんとなくゲームの司会者って敬語な感じしたからそうしてたんだけど、めんどくさいね。じゃあ説明を再開するけど、まず一つ確認。今、君たちの後ろにある生徒玄関の扉、開かなくしてあるんだけどわかる？　……あぁ、初めてだから何を言っていいのかわかんないや……。前の五人の時はこんなことしなかったから……』

最後の一言で、なんとなくわかった。

五人……。佐久間さんをいじめていた明美さんたちの人数とぴったりだ。

たぶん私たちは閉じ込められたのだろう。

それでこれから……きっとすごく怖い目に遭う。

行方不明になっていた五人は、私たちと同じく閉じ込められたんじゃないかな……。

佐久間さんの、呪いで……。

『はっきり言って、あの五人と比べると君たちへの恨みは少ないんだよね。だから、ただ閉じ込めて殺すだけじゃなくて何かやろうと思って。……というわけで、今からゲームを始めます』

「……ゲーム？」

思わず、呟く。

殺すとか言っているから……たぶんゲームに負けたら死ぬんじゃないかな？

『そう。君たちに生きるチャンスをあげる。このゲームをクリアしたらここから出してあげるよ』

『ただし、生きている人が全員クリアしたらね』と、佐久間さんはつけ足した。

死んだ人はノーカウントってことか……。

『ゲームを考えるのに時間がかかって、あれから一ヶ月くらいたっちゃった。だからもうみんな知ってるよね？　ここで死んだらどうなるのか』

それぞれが、ごくりと喉を鳴らした。

ここで死んだら……。

わかっている。でも……あまり考えたくない。

「……仮にここを異空間とすると、ここで死ねば現実でも死ぬってことね。理解したわ……佐久間。それで？　ゲームに勝つには何をすればいいのかしら？」

朱里さんは、冷静に答えた。

友達に恨まれている。

その事実を知っても動じない朱里さんを……私は怖いと思った。

『……朱里まで……仕方ない、かぁ。じゃあ言わせてもらうね。一回しか言わないから、よく聞いてね……。勝利の条件は、私を納得させることだよ』

ブツッとスピーカーから音が聞こえ、おそらく放送が切れたのだと予想できる。

それにしても……納得……？

「ちょっと待ってよ佐久間ちゃん！　私たち、何をすればいいの⁉」

桜ちゃんがヒステリックに叫ぶ。

だけどスピーカーは……答えない。

「と、とりあえず放送室だ！　犯人は放送室にいるはずだろう⁉」

まだ佐久間の存在を認めていないであろう先生は、放送室のあるほうへドスドスと歩いていった。

「違う……放送室なんかにいるわけねぇよ……あれは絶対佐久間だ……！」

「まぁまぁ……とりあえずは先生についていこうよ」

頭を抱える悠人くんを支えながら励ますように言う歩だけど……心なしか、声が震えている。

二人は先生のあとについていった。

「……桜。私たちも行くわよ。これがイタズラか本物か、確認する必要があるわ」

「う、うん……」

さらに、朱里さんと桜ちゃんがあとに続く。

「……どうする？　あたしたちも行く？　芽衣……」

「……それ以外やることもないし……行くしかないよね。あの、狛くんは……」

さっきから一言も言葉を発しない狛くんを振り向くと、狛くんの目が私を捉えた。

でも、一瞬でそらされてしまう。

「……俺は行かない」

それだけ言って、暗い廊下を歩いていってしまった。

先生たちとは逆方向だ。

……いったい何をするのだろう？

「……。狛、行っちゃった……。あいつ、無口だし冷たいよね。あんたよく二人きりで学校案内できたね」

「うーん……。悪い人ではないんだけどなぁ……」

望絵の言葉に、私は思わず苦笑い。

そして狛くんの背中が完全に見えなくなって、私たちは放送室へと向かった。

ただ歩いていっただけだけど、同じ一階にあるから、こんなに暗くても時間は五分もかからない。

なんとなく中の光景は想像できているけど……なんて思いつつ扉を開ける。

案の定そこには、騒ぐ先生とそれを見つめる生徒という不思議な光景ができあがっていた。

「どうして誰もいない……⁉　まさか本当に幽霊だとでも言うのか⁉」

「はっ……だから最初からそう言ってんだろジジィ。物わかりが悪いなぁ、腐ってんじゃねーのか？」

なんだか無理やり笑っているようにも見える悠人くんが、先生に向かっていつものように毒を吐いた。

「悠人……！　お前、いつもいつも先生に向かってそんな口をきいて……！　許されると思っているのか‼」

「わー！　ごめんなさい‼　悠人、悪気はないんです‼　ただ正直なだけでっ！」

「……歩、それはお前もそう思っていると解釈してもいいんだな……？」

「げっ……しまった……」

「歩ぅー‼」

……まったく。

誰が子供なのかわからなくなってきている。

たしかに非現実的なことが起こり焦っているのはわかるけど、そんな簡単に生徒の挑発に乗るなんて……本当に先生？

朱里さんも、やれやれとその様子を見ている。

桜ちゃんと望絵は、ポカーン……って感じ。

呆れるしかない。

「あのー……こんな口論してるよりやるべきことがあると思うのですが」

「まったくね……さっきの校内放送のとおりなら、私たちはここから出られないってことよ？　佐久間を納得させる方法を見つけるのが先なんじゃないかしら」

私と朱里さんが口を挟むと、先生は押し黙った。

私、一応先生だから〝ですます〟で話したけど……朱里さんは躊躇ない。

悠人くんは「黙ってろ‼」と私たちを威嚇してきたけど、ギロリと朱里さんに睨まれた瞬間に怯《ひる》んだ。

なんか朱里さんのその目がまるで汚いボロ雑巾を見るようなものだったから……睨まれていないはずの私まで悪いことをしてしまった気分になる。

すると、何も言い返せなくなった悠人くんは舌打ちをしながらガンッ！と壁を殴り、放送室を出ていってしまった。

「……生徒玄関だろう？　そんなもの鍵を持ってくればいい話じゃないか。先生が持ってくるから、お前らは先に行って待ってなさい」

さっきまで騒いでいたことに引け目を感じているのか、脂汗がたっぷりな額を拭いながら渡辺先生は出ていった。

たしかに鍵は職員室にあるだろうし先生に任せたほうがいいのかもしれないけど、これは〝鍵がかかってました～〟で終わるようなものじゃないと思う。

「……無理ね。そんな簡単な話じゃないわ……」

「朱里ちゃん！　そんなこと言わないでよ……！」

「……桜、外を見てみなさい。いくら夜でも、こんなに暗いことってあるかしら？」

朱里さんの言葉で窓に注目した私たちは、誰も反論できなかった。

「……は、何これ……？　俺、夜ってもっと明るいと思ってたわ……」

そう言った歩の顔は、きっと笑い飛ばそうとしたのだろう。

笑顔が引きつっていた。

それに、出ていった悠人くんを追いかけようとしていたらしい足を止めている。

それもそのはずだ。

だって外は真っ黒で……本当に何も見えない。

底なしの沼のようにだって見える。

どんどん学校が沈んでいってしまっているんじゃないかと錯覚するくらい、それは異様に黒かった。

「……じゃあ……朱里の『ここは異空間』って喩《たと》えは……。あながち間違ってないってこと？」

「そうね。むしろ大正解かもしれないわ」

望絵の呟きに、朱里さんは間髪入れず答えた。

朱里さんは、なんでこんなに冷静に的確に物事を捉えることができるのだろう。

今起きていることなんて非現実で、人に言われても信じられないのが普通なのに。

それを容易く言い当てるなんて……。

しかもその非現実な言葉を朱里さんが言うと、妙に説得力があって信じてしまう。

今こうやって先生以外はきちんと現実を受け入れているのが証拠だ。

……あ、狛くんはわからないけど……。

「でも……納得って何？　何を納得させるの？　私はまったく思いつかないよ……」

桜ちゃんの不安そうな声に、みんなが頷いた。

どうやら、誰もそこはわからないらしい。

「……うん。こんなんじゃダメだよね、うん！　みんな、明るく行こうよ！　みんなで協力すればなんとかなるって！　俺、悠人を探してくるね。あいつ、あー見えて意外と心霊ものとかダメなんだ」

そう言ってパッと笑顔を見せた歩が、「俺がバラしたって内緒ね？」と笑いながら放送室を出ていった。

その顔はもう引きつっていなくて……私たちを元気づけようとしてくれているのがわかった。

それにしても悠人くん、毒舌で不良みたいなのに怖がりなんて。

本当、人って見かけによらない。

「あ……朱里ちゃん……私たちはどうする？　生徒玄関で先生を待つ……？」

「どうせ出られないんだから……無駄よ。それより桜、見て。こんなものが置いてあったわ」

ひらりと朱里さんがかざしたのは、小さな四つ折りの紙だった。

どうやら放送室の机の上にあったらしい。

「なになに……？　下駄箱……〇三〇一二三……。教室……〇二〇四〇三……？　家庭科室とかいろいろ書かれてるけど、何これ？　暗号？」

朱里さんの手元を覗いた望絵が首をかしげて中身の最初の部分を読み上げた。

下駄箱とか教室とか、全部学校にある教室の名前だけど、そのあとの番号は……？

「こっちにも同じ紙があったわ。……番号は何かわからないけれど、とりあえずここを探せば何か出てくるかもしれないわね。一枚あなたたちに渡しておくわ。手分けして探しましょ」

と、朱里さんの持っているものと同じ内容が書かれた紙を渡された。

手分けして……私と望絵、朱里さんと桜ちゃんってことね。

「……わかった。じゃあ私と望絵は下駄箱を見てくるね」

「……それなら私たちは四階にある……そうね、音楽室から調べてみるわ。あなたたちは下から、私たちは上から探していきましょう」

「うん、行こ、望絵」

二人で話をまとめ終えた私たちは、すぐに各々の相方を連れて放送室を出た。

できることならこんな暗いところに長居したくないし……。

私は歩くスピードを上げて生徒玄関まで来た。

「望絵、そっちの三年生のほうから一個ずつ調べてくれる？　私は一年生のほうから調べるから」

「うん、わかった」

言い終えてすぐ私は、一年生の下駄箱の扉を開けた。

扉がついていなければ見るだけでわかるのに……。

この膨大な量の下駄箱を開け閉めしなきゃならないなんて。

ガチャ、ギィ……バタン。

ガチャ、ギィ……バタン。

同じ音がずっと聞こえている。

一年五組の下駄箱……一年四組……三組……。

靴も、校内でいつも履いていて下駄箱に置いて帰るはずのスクールシューズすらも入っていない下駄箱。

それが余計に、私たちは異空間にいるんだって実感させている。

そして、一組にさしかかろうとした時。

「あ！　芽衣！　あったよ‼」

「えっ！　本当⁉」

後ろから望絵の声が聞こえて、私は振り向く。

三年生の下駄箱まで走ると、一つの下駄箱を覗く望絵の姿があった。

「ほらこれ！」

それは三年一組の下駄箱の一つだった。

中には、懐中電灯が一つ。

あと……紙きれが一枚。

「懐中電灯？　まぁ、明かりがないと困るから助かるけど」

それを手に取ってスイッチを押すと、カチリと音が鳴って電気がつく。

きちんと電池は入っているし、壊れてもいないようだ。

「その紙は……」

懐中電灯で紙を照らす。

「えっと……。【ぬいぐるみの中に】？　何？　また暗号？　それともぬいぐるみの中に何かあるって素直に考えたほうがいい？」

……これはたぶん暗号でもなんでもないんじゃないかな……。

ぬいぐるみなんて、今のところ見ていないけど。

「あ、ねぇ芽衣。あたし数字の意味わかったかも‼」

ふと視線を上げた望絵が、何かを思いついたように声を上げた。

どうせ望絵のことだから……またとんちんかんなことを言い出すんだろうけど。

そう思いながら、次の言葉を待つと……。

「ほら見て、この下駄箱……出席番号二十三番の下駄箱でしょっ？」

「うん……？　そうだけど、それがどうかした？」

「芽衣が持ってる紙に、下駄箱は〇三〇一二三って書いてあったじゃん！　それ、三年一組二十三番ってことだよ‼」

……。

驚いた。

望絵がこんなまともなことを思いつくなんて……！

「すごい！　すごいよ望絵‼　本当だ、気づかなかったよ……！」

「へへん、もっと褒めてもいいんだよ？」

「あー……いや、もういいや。望絵ってすぐ調子乗るし……」

「えっ……」

ガーン、と絵に書いたような落ち込み方をする望絵。

それとは対照的に、私はうれしさで笑顔になる。

じゃあ、ここを順に調べていけばいいのかな？

ここから一番近いのは……家庭科室。

「家庭科室！　家庭科室の番号は……」

そこまで言いかけて気づく。

家庭科室？

家庭科室……って、下駄箱とかロッカーとか番号が書かれたものがない。

足を止めて再び紙を確認する。

「……あ。家庭科室に番号なんてないじゃん」

番号が書いてあるのはどうやら下駄箱と教室だけらしい。

他は……やっぱり自力で探せってことか。

一歩前進したと思ったんだけどなぁ。

はぁ、とため息をつきながらも、私と望絵は家庭科室を調べるべく移動を始めた。

「家庭科室か～。……昼間は別に怖くもないんだけど、こんな状況じゃどこにいても怖いよね」

私の言葉に、望絵は深く頷く。

「……包丁が浮き上がって襲ってきたりして！　ポルターガイストとか起こりそうじゃない？　こういう時ってさ……」

「ちょっと望絵！　シャレにならないこと言わないでよ……！」

包丁とか……明美さんが自殺に使ったってこともあるし、しばらく見たくもないんだけど……。

「さーて、どうやって探そうか？　二人で手分けするにしても懐中電灯が一個しかないから……」

「……望絵、その必要はないみたいよ？」

「え？」

家庭科室の扉を開けて懐中電灯の光を向けた瞬間、明らかな存在感を放ったものが目に入る。

九つある生徒用の長テーブルの、ちょうど真ん中に置かれたそれ。

昼間に見たらかわいいんだろうけど……今はとてもじゃないが不気味に見えてしまう、クマのぬいぐるみ。

「……ぬいぐるみ……？　あ、さっきのメモのあれ？」

「……じゃないかな。中に何かあるかもね」

ぬいぐるみに近づき、迷いもなくそれを手に取った望絵にヒヤリとする。

幸いただのぬいぐるみだったみたいだけど、もし何かあったらどうするつもりだったのだろうか。

とにかく、ぬいぐるみの中を確認しなければ。

何かぬいぐるみを破けるもの……。

……仕方ないか……包丁を使おう。

見た感じ結構しっかりしたぬいぐるみだから、女子の私たちには素手で破くなんてできないだろう。

「わっ‼　び、びっくりさせないでよ芽衣！　本当にポルターガイストが起こったかと思ったじゃん！」

包丁を持って近づいてきた私を見て、望絵がギョッとしたように声を上げる。

「しょうがないでしょ？　ほら望絵、それ貸して？」

おずおずと差し出す望絵からぬいぐるみを受け取る。

……ごめんね、クマちゃん。

若干躊躇いつつも、クマのぬいぐるみに包丁を近づける。

思いきってお腹の部分を裂いてみると、中からは下駄箱から出てきたのと同じような紙が出てきた。

「？　また紙？　えーと……」

望絵が紙を開こうとしている間、私はぬいぐるみの中をさらに漁《あさ》る。

すると、ぬいぐるみに詰められた綿をまさぐる指にコンと何かが当たった。

……折り畳み式のナイフ……？

普段は目にすることも、手にすることもないであろうそれ。

まさかの時の防衛手段として……持っておこうかな。

「【幽霊には触れるな】だってさ。幽霊とかまだ見てないよね？」

「！」

そう言って望絵がこちらを振り向いたので、思わずナイフを隠すようにポケットへ滑り込ませる。

「芽衣？　どうかした？」

「ううん、なんでもない。幽霊ってなんのことかなぁと思って。もしこれから出てくるなら……嫌だよね」

「……こわっ。恐怖だわ」

……こんなナイフなんか持っていて望絵に怪しまれるのもあれだし、黙っていてもいいかな。

なんて考えた……その時だった。

「うわっ!? なんだお前は! うわ、わ、こっちへ来るなぁぁ!!」

図太い男の人の叫び声が聞こえたのは。

「えっ、今の渡辺先生だよね!? 何? 何があったのっ!?」

「望絵、ストップ! いったん隠れよう。もし先生にもどうにもできないようなものだったら、私たちが行ってもどうにもならないよ!」

できるだけ小声で、かつ早口でそう告げた私は望絵の腕を引っ張って家庭科準備室へと駆け込んだ。

さっき、包丁を取りに入った場所だ。

静かにね、という意味を込めて人差し指を口の前に持ってくると、望絵が無言でこくこくと頷いた。

バタバタと廊下を走る音が聞こえる。

「いたっ……痛い……‼　やめろ‼　やめろっっ‼」

引き続き、叫び声も聞こえてきた。

何……？

先生は……何かから逃げているの？　だとしたら何から……？

「だ、誰か‼　助けて……！　誰か……ひぎゃっ……‼」

次の瞬間、カエルが潰れたみたいな小さな嗚咽が聞こえたと思ったら、廊下からは何も聞こえなくなった。

扉の小さな隙間から、そーっと廊下を覗く。

そこに渡辺先生の姿はない。

代わりに……髪の毛で前後ろがわからないような、見たこともない不気味な女の子が遠目からでも確認できた。

「渡辺先生……？　どうかしましたか……って、うわあぁっ⁉」

渡辺先生の声を聞いたのか、生徒玄関側から歩が歩いてきた。

だけど、その女の子に気づくと驚いたように悲鳴を上げ、後ずさりをした。

ここからじゃ暗くてよく見えない……！

よくわからないけど、きっと何か恐ろしいことが起きているのだということだけはわかる。

「……の……い……？」

「うわあぁっ、うわぁあ⁉」

女の子の声は小さくて聞き取れなかったけど、何かを呟いたのは聞こえた。

歩が叫びながら生徒玄関のほうに引き返していくと、女の子も歩を追いかけて、そちらに走っていった。

……もう、大丈夫……かな？

「……望絵……たぶんもう大丈夫……」

「ぷはぁ……っ！　なになに、何が起きたの……⁉」

声だけじゃなく息まで止めていた様子の望絵が、急いで空気を吸う。

なんで息まで止めていたの……と尋ねそうになるのを堪えて、私は望絵を見つめてゆっくりと口を開く。

「……わからないけど……とにかく、ここを出よう」

まわりを警戒しながら、するりと準備室から抜ける。

先生はどうなったのだろう……？

なんか……嫌な予感がする。

見てはいけないって……私の本能が訴えている。

そんな気がした。

「……っ⁉」

本能に従って俯いて歩く私は、たぶんもう先を見てしまったのであろう望絵が口を押さえて座り込むのを見た。

背中を丸くして、震えている。

……怖い。見るのが怖い。

でも……それじゃあ家庭科室からは出られない。

「……っ」

背けていた目を、バッと一気にそちらへと向ける。

あるだけの勇気を振り絞っての行動。

「うっ……⁉」

パッと見た時、それがなんなのか……いまいちわからなかった。

だけど、頭が少しずつそれを理解して……。

完全に理解し終えてから、私はその場で脱力した。

……気持ち悪すぎて、逆に目を離せない。

なぜならそこには……血まみれの渡辺先生がいたから。

フォン

「あの……本当にもう大丈夫なんですか……？」

「大丈夫だと言っているだろう！　早く行くぞ！」

「は……はぁ……」

　そう言ってひょこひょこと左足を引きずって歩く渡辺先生に、思わず呆れてしまう。

　家庭科室前を見た時は言葉を失ったけど……結局、渡辺先生は無事だった。

　たしかに襲われてはいたし、全身が幽霊にやられた切り傷だらけではあったけど、命に別状はない。

　家庭科室の前での出来事はてっきり幽霊にやられたものだと思っていたけれど、じつは幽霊に追いつかれる前に渡辺先生がコケただけだったらしい。

　左足首を捻って。

　幽霊に襲われて怖かったのはわかるけど、コケた上にそれで失神だなんて……。

　無駄に焦らせないでほしい。

「先生っ！　その足に貼ってる湿布とか絆創膏《ばんそうこう》とか、あと消毒液とか……誰が保健室から持ってきたと思ってるんですか！　心配してくれた芽衣に感謝もなしですか!?」

望絵の言葉に「うっ……」と言葉を詰まらせる渡辺先生。

望絵の言うことはもっともかもしれないけど、私的に今はそんなことどうでもいい。

「……ゴホン……そのー……」

「あー、大丈夫です。それより早く行きましょう。幽霊に襲われる前にここから出たいので」

先生の言葉を遮って、私は口を開いた。

先生は脂汗を額に浮かべながら私の言葉に頷く。

居心地が悪くなったのか、いつもつけているネクタイピンをわざとらしくつけ直す。

望絵はまだ先生を睨んでいるけど……まぁいいか。放っておこう。

ポケットから紙を取り出し、確認する。

次は……。

「ここから近いのは……技術室、かな」

一階にもう探すところはないし、二階で一番近いのはそこだ。

階段を上がってパソコン室の前を通りすぎる。

技術室の前に到着し、扉に耳を押し当ててみるけど何も聞こえない。

たぶん……何もいない……よね？

「……」

いくら死んでいないとはいえ、先生の腕などには浅い切り傷がたくさんある。

それを見て、慎重にならないわけがない。

ガラ、と扉を開けて、何もないとわかって安堵。

こんな恐怖に怯える嫌なドキドキを何回も体験しなければならないのか……と考えて、少し憂鬱になった。

どうせなら、恋愛感情のほうのドキドキをしてみたいよ。

「あ！　芽衣、あったあった！　ぬいぐるみ！」

望絵の指さすほうに目線を移すと……たしかに、そこにはイスに腰かけるぬいぐるみがあった。

やっぱり、クマのぬいぐるみ。

「先生、これ引き裂けます？　あたしたち、か弱い乙女なんで～」

望絵が冗談半分に言うけど先生には冗談だと伝わらなかったみたいで、真に受けて引き裂いてくれた。

よくわからないけど、まあとりあえず……とでも思っている顔だ。

「えっとね、【あの子は耳がいい。だが目が悪い】だってさ」

中からはまた紙が出てきて、望絵がまた読み上げた。

耳と目……？

「……なんだ？　その紙……。裏にも何か書いてないか？」

「え？　あ、ほんとだ。【気をつけて、後ろにいるよ】……」

先生の言葉に望絵が紙を裏返して、書いてある文字を読み上げる。

後ろにいるよ……ね。

……後ろ……⁉

三人揃って、勢いよく後ろを向くと……。

「あなたの目……ちょーだい……？」

前髪で目が見えない……何かに、下から覗き込まれている。

笑った口から紡がれたその声が……背筋を凍らせた。

「っ、う、うわあああぁぁぁあぁぁあ‼」

真っ先に声を上げた先生の叫び声に、ハッと我に返る。

こいつ、さっきの奴だ。

先生を襲った奴……‼

「またお前なのか……‼　来るな……！　止まれぇ‼」

いつの間にか教室の奥まで後ずさりした先生がパニックになっている。

教室の真ん中あたりで動けなくなった私たちは、きっと真っ先に狙われるだろう。

恐怖で、足が震えた。

そろそろ……立っていられそうもない。

「目……ちょーだい……ちょーだい……」

……ペタ。

「あなたの……目……」

……ペタ。

まるで私たちの精神を削っていくように、そいつは足音を鳴らして近づいてくる。

ぶつぶつと呟きながら、一歩、また一歩と確実に足を進める。

そして目の前までやってきて……。

「……っ」

ガクン、と目線が下がった。

恐怖で腰が抜けたのだと、すぐさま理解する。

もう、ダメだ……。

「うわぁあ、あぁあっ‼」

叫ぶ先生の声まで遠く聞こえる。

私はもうすぐ死ぬ……？

「あなたの……ちょーだい……ちょーだい……」

ペタペタペタッ！
待ちきれなくなったようにリズムが速くなったその音は……私の前を通りすぎた。
こちらに見向きもしない。
私との距離はほんの数センチで、手を伸ばしたら確実にぶつかるこの距離。
それなのに、どうして……？
「来るなぁ‼」
ペタペタペタペタペタペタ……。
徐々に速くなる足。
その足は、明らかに先生に向けられていた。
一直線に、先生へ迫る〝それ〟。
ずるずると足を引きずりながらも逃げようとする先生。
どうして先生を狙うの？
どうして私たちはスルーしたの……？
頭には、疑問しか浮かばない。
「や、やめ……っっ‼　ぐあぁっ‼　あっっ‼」
グチャッ……‼
……嫌な音がしたけれど、身動きが取れないし、目をそらすこともできない。

赤い水しぶき……それが血だとは思いたくなかった。

グチャッ、ブシュッ……バキッ……。

聞いただけでなんの音なのか一瞬でわかる、聞きたくない音。

教室の奥で蠢く影。

そこから吹き出る赤いもの。

人の……肉片……。

「……？」

……おかしい。

さっきまで立てなかったはずなのに……私……立っている。

防衛本能？

逃げなきゃって……何も考えられない頭が、必死に訴えかけてくる。

グチャッ……グチャグチャ……ッ……。

まだ、音は続いている。

今のうちに……！

机を震える足でなんとかすり抜けて、扉を目指す。

その間も、グチャッ、バキッ、と嫌な音がしていて……心なしか、さっきよりも激しくなっている気がした。

――ガラッ‼

扉までたどりついた。

これで……逃げられる……！

そう思ったのに、あれ……なんか……。

なんていうか……違和感？

なんだろう……。なんか、静かになった……？

「あなたの目……ちょーだい……？」

「ひっ⁉」

とっさに振り向いた技術室の中。

そこには、もう人間とは思えないものと……こちらを見て微笑む、大量の血を被った少女がいた。

ニゲロ

「……はぁっ……はぁっ……！」

技術室で少女の霊に〝気づかれた〟。

そう脳裏によぎった瞬間、私は駆け出していた。

もう扉を開けたあとだったからすぐに逃げられたけど、走っても走っても引き離せない。

もともと教室の端から端くらいの距離があったからよかったものの、今はもうその半分もあるかどうか……。

体力ももう持たないし、このままだと……先生みたいになる……？

嫌だ。

どうしよう、どうすればいいの……っ？

「はぁ、はぁ……っ……」

そういえば……私はどうして〝気づかれた〟んだっけ？

最初はスルーされた……。

教室の扉を開けた瞬間にグチャグチャという音はやんだ気がする。

ということは……扉を開けたから？

……いや、違う……。

【あの子は耳がいい。だが目が悪い】

紙に書いてあったこと……つまり……。

先生が真っ先に気づかれたのは悲鳴を上げたから。私が気づかれたのは、扉を開けた時に音を出したから……！

じゃあ、追いかけてくるのは足音を立てているから場所がわかるってこと。

足音を立てなければいい……？

階段を上って今、三階にいる。

近くには理科室……。

立ち止まって、音を立てないようにそーっと扉を開ける。

今来たほうを向くと、少女が立っていた。

だけど……追いかけては来ない。

何かを探すように……うろちょろと歩き回っているだけ。

立ち止まっているせいで音が出ていないから、ここに私がいるのはわかっていないようだ。

目が悪いって……盲目なのかな？

音を出さないように、慎重に足を運ぶ。

理科室……いや、理科準備室まで行こう。

理科室と直通しているから、理科室から来れば準備室のほうの扉から、準備室から来れば理科室のほうの扉から逃げられる。

「……」

少し、薬品の臭いがする。

いろいろあるからそりゃそうなんだろうけど……。

あんまり長居はしたくないかな。

棚が並ぶ準備室の、奥のほうへと入っていく。

一応……何もいないことを確認。

音を立てずにそーっと棚と棚の間を覗いて、奥へ奥へと進む。

そして、最後の棚と、その向こうの壁にくっついた棚の間を覗こうとした時だった。

——ガシャンッ！

「っ‼」

たった今覗こうとしていたその空間から……何かを落としたような音が聞こえた。

瓶を落として割れてしまったような音。

その直後に、聞き覚えのある声が聞こえた。

「うわっ、なんだこれ……！　チッ、濡れたじゃねーか」

「……。悠人くん……？」

「あ？」

棚の影から顔を出して確認してみると、やっぱり悠人くんだった。

下には割れた瓶と、飛び散った薬品。

「……だい……目……ちょーだい……」

「っ‼」

廊下から、微かに聞こえた声。

まさか……今の音で気づかれた……⁉

「悠人くん！　逃げよう！」

「は？」

「お願い！　音を立てないで！　声も出しちゃダメ！　走ろう！」

「え、お、おい⁉」

ぐっと悠人くんの腕を掴み、準備室の扉へ走る。

普段の悠人くんは絶対「ふざけんな」と言って手を振り払うだろうから一瞬後悔したけど、なぜか今は無言でついてきてくれている。

チラリと廊下を確認すると、やっぱりこちらへ向かってきている少女の姿が見えた。

でも、たぶん……気づかれていない。

このまま音を立てずに逃げれば大丈夫。

引き続き悠人くんの腕を引きながら、私は階段をおりた。

二階……たしか紙には展開教室もあったから、そこを調べよう。

考えなしに二階へおりてきちゃったけど、一階にはもう調べるところなんてないし、展開教室くらいしか思いつかない。

パソコン室もあるけど、紙にはなかったしな。

展開教室は一から三まで三室あるけど、紙に書かれた【展開教室『三』】。

いろいろ考えた結果、私は展開教室に入ることにした。


「ふう……あ、引っ張っちゃってごめんね」

一息ついてから、私は悠人くんの腕を離した。

思わず引っ張ってきちゃったけど……相手はあの毒舌男だ。

置いていくわけにも行かなかったけど、ここで叫ばれても困る。

「いや……それよりもさっきの……なんなんだ？」

「え？」

……あれ？　文句の一つや二つ、言われるかと思ったのに……。

悠人くんとはあまり話したこともなかったから、噂による偏見かも。

いけない、いけない……。

「うんと……はっきりとはわかんないんだけど、たぶん幽霊かな」

「ゆ、幽霊……。じゃあさっきの先公の叫び声……」

「あ……うん……きちんと見てはいないけど、死んじゃったと思う……」

「はぁ!?　死んだ!?」

「ちょ、悠人くん!!　静かに!!」

「……っ！」

おそらく、『幽霊＝死』に直結していなかったであろう悠人くんの大声を私は慌てて止める。

気づかれていない……よね……。

「じゃあ下手すれば俺も死んでたってことかよ……」

「？　どうして？」

「……さっき歩と会ったんだ。そん時あいつ、あれに追っかけられてて……そうだ！　歩！　歩は!?」

「し、静かに……!!　あの幽霊は耳がいいの！　音を立てたら気づかれちゃう!!」

場所的にはそう遠くないけど、大声を出せばさすがに気づかれるかもしれない。

あぁもう、こんなことなら調べるとか調べないとか考えずに、できるだけ遠くの一階の端までいったん逃げたほうがよかったかもしれない。

こんなんじゃすぐ気づかれちゃうよ……。

「待てよ……先公が殺されたってことは歩は……」

「……悠人くんは歩の叫び声を聞いた？　聞いてないなら……うまくやりすごしたんじゃないかな？」

「……」

本当にやりすごしてくれていたらいいんだけど……。

とりあえず悠人くんには、わかる範囲で教えておこう。

そのほうがたぶん生存率も高くなる。

「あのね、この紙を放送室で見つけたんだけど」

制服の胸ポケットから紙を取り出して、それを掲げた。

「まず一番上に【下駄箱】って書いてあるでしょ？　だから、下駄箱に行ってみたの。そしたらこの紙と懐中電灯があった」

ポケットからもう一枚紙を出す。

紙は全部私が持っているから、説明がしやすい。

「そのあとに【ぬいぐるみの中に】と書かれていて、次は家庭科室に行ったんだけど、そこにクマのぬいぐるみがあったんだよね。で、この紙に書いてあるとおり、ぬいぐるみの中からまた紙が出てきた」

私は続けて、【幽霊には触れるな】と書かれた紙を取り出した。

「そして幽霊をよけながら技術室に行くと、またぬいぐるみを見つけて、〈あの子〉について知ったの。それで、そのあとの紙がこれ」

そう言いながら、私は【あの子は耳がいい。だが目が悪い】と書かれた紙を悠人くんに差し出した。

すると、その紙をまじまじと見た悠人くんが、やっと合点がいったように一つ大きな息をついた。

「なるほど……じゃあその〈あの子〉ってのに会ったら音を立てなけりゃいいんだな？」

「うん、そういうこと」

「わかった。……さっきの紙の中に【展開教室『三』】ってあったよな？　じゃあ、ここにもぬいぐるみがあるってわけか。探すの手伝ってやるよ」

「えっ？」

「……なんだよ」

「あ、ううん……ありがとう……」

びっくりした……。

まさか手伝ってくれるとは思わなかった。

知らなかっただけで、本当はいい人なんだなぁ……。

そんなことを考えながら、動き出した悠人くんの背中を見つめる。


「……おい、見つけたぞ……」

「えっ、早っ‼」

私は、まだ一歩も動いていないよ‼

教室を見渡してどこから探そうか考えただけで終わっちゃったよ！

教室の一番奥の通路で手招きしている悠人くんに近寄ると、たしかにクマのぬいぐるみがあった。

まあこれは……なんていうか、早すぎるのも納得というか。

こんなに通路のど真ん中に鎮座していたらそりゃ目がいくよね。

今まで見つけた二体もそうだったけど、なんだか隠す気がないんじゃないかと思うくらいに堂々と置いてあるなぁ。

隠してあるなんて書いていなかったし、間違ってはないけど。

「悠人くん、これ破ける？　お腹あたりを裂いてくれればいいんだけど……」

「は？　絶対に嫌だし。こんな気味悪いもん触りたくもねぇよ……ただでさえ、こえーってのに……」

そう言って、ぬいぐるみに訝《いぶか》しげな視線を送る悠人くん。

……怖いって言った？

今、怖いって言った……⁉

そういえば、さっき放送室で歩が『悠人は心霊ものとかダメ』みたいなことを言っていなかったっけ？

なるほど……だから手伝ってくれたのか。

一人でいるよりは怖くないもんね……。

「大丈夫だよ。ぬいぐるみはとくに何もないし、中に紙が入っているんだから。ほら、私の力じゃちょっと裂けないしね……」

ひょい、と私が持ち上げてみせると、悠人くんは渋々それを受け取った。

ぬいぐるみはビリッと音を立てながら裂け、悠人くんは中から出てきた紙を私に投げてくれた。

「ありがと……っと、なになに？　【幽霊は〈あの子〉と〈この子〉、その他大勢】……。

えっ、何それっ⁉」

〈あの子〉以外にも幽霊がいるの⁉

その他大勢って……ひどすぎる。

「ど、どういうことだよ！〈あの子〉だけで十分だ……！」

本当だよ！〈あの子〉に〈この子〉ってネーミングはすごく適当だし！〈あの子〉が耳がよくて目が悪いって言うなら、〈この子〉は耳が悪くて目がいいとか？　まあ、なんにしても気をつけるしかないんだけど……。

「あ、おい、裏にもなんか書いてあっぞ」

「えっ⁉」

思わず手を止める。

たしか、さっき先生が裏にも何か書いてあるって言って裏を見たら、〈あの子〉が現れたんだよねぇ……。

何もありませんように……と願いながら、意を決して裏を向ける。

「【この子は人を騙すのがうまい。人を騙してあの子を呼ぶ】」

あ、なんだ……耳が悪くて目がいいわけじゃないんだ。

それにしても、人を騙して〈あの子〉を呼ぶって……。

誰かに成りすますとか？

それだったらものすごく厄介なんだけど……。

というか、ものすごく危険。

誰も信じられなくなるじゃん……。

「……ってことはあれか？〈この子〉が直接的に危害を加えてくるわけじゃないってことか？」

「まぁ……たぶんそういうことだよね。だったら、〈この子〉に騙されないように合い言葉を決めるってのもいいかも」

「あぁ、たしかに！　たとえば……『何？』って聞いたら用件の前に『人間』って答えるとか？」

「ぷっ、何それ！　いいかもしれないけど、それを成りすました〈この子〉に教えちゃったら意味ないね」

「……あー……ダメか」

とっさに思いついたたとえが『何？』のあとに『人間』って……。

面白いし、こんな状況でも笑える自分がすごいよ。

悠人くんって、じつは面白いんだなぁ。

歩が一緒にいたがるのもわかるかもしれない。

毒舌なんて、誰が言ったんだか。

「なあ」

「人間。で、次どこ行くんだよ」

「っ、あははっ……！」

さっそく使っている し！

これで悠人くんだけは見分けがつくかもしれないから、いいんだけどね。

ただ、いちいち笑っていたら身が持たないかも。

「んー……そうだなぁ……。たしか教室ってあったよね？　〇二〇四〇三だから……二年生の教室……」

「ダメじゃねーか……三階には〈あの子〉がいる」

でももう二階と一階に調べる場所はないし……。

ここでじっとしていても、「〈あの子〉がいなくなりました」なんて教えてくれるものもない。

もしかしたら今はもう、〈あの子〉はいないかもしれないし。

そう思った私はさっそく悠人くんの横を抜けて扉へ向かった。

「……行こう。音を立てなければ大丈夫でしょ？」

「……たしかにそうだけど……。自分から危険に突っ込むなんてバカげてるだろ」

「でも……」

行かなきゃ何も始まらないよ。

そう言おうと悠人くんを振り向いた私は、あることに気がついた。

バツが悪そうに目をそらす悠人くんの手が、微かに震えている。

普通に話もできているからあまり気にしていなかったけど、やっぱり怖いんだ……。

私……というか人前だから平気なように振る舞っていただけで。

「……ううん、じゃあ悠人くんはここで待っててくれる？　私が行ってくる」

「えっ……怖くねーのかよ……。死ぬかもしれねーんだぜ？」

目を丸くしてこちらを見る悠人くんに、本心を悟られないように笑ってみせる。

私だって心霊ものに強いわけじゃない。

でも……これ以上、悠人くんを怖がらせたくない。

「大丈夫、怖くないよ。私、幽霊とかそういう類いのものは平気な人なんだ。だから悠人くんはここで待ってて」

「あ、おい……」

何か言いかけていた悠人くんを無視して、外に出て扉を閉めた。

言葉を遮りたいならバタン！　と音を立てて閉めるべきかもしれないんだけど……音を立てて気づかれたらどうしようもないから、そーっと閉めた。

〈あの子〉は『目をちょうだい』みたいな言葉を発しながら追いかけてきていたか

ら、それが聞こえないか耳を澄ましながら慎重に校内を移動する。

展開教室から階段はそう遠くない。

そっと階段を上がって左に曲がる。

そういえば外は真っ暗だけど……中庭は辛うじて見えるみたい。

でも、今はそんなこと考えなくていいか。


まるで忍者のように忍び足で移動した私は、物音が聞こえないことを確認してから自分のクラスでもある二年四組の教室に足を踏み入れた。

ふぅ、と息をついてから懐中電灯で教室中を照らす。

机、イスが並び、その他にも教卓、何も書かれていないまっさらな黒板……など。

普段目にしている光景とはいえ、誰もいない真っ暗な空間は、やはりどこか不気味なものだ。

たしか……出席番号三番の人の席だったかな?

といっても、出席番号順に並んでいるわけではないからやっぱり全部調べなきゃならないわけだけど。

だって出席番号なんて全員分覚えていないし……。

三番が男子なのはわかるけど、それが誰なのかと、たとえそれがわかったとしてもその人の席なんてたぶん覚えていない。

前の席は全員分覚えていたけど、運悪く今日席替えしたんだよね……。

行方不明になった明美さんたちの分の席を取り除いたら、なんか違和感ありまくりの教室になったから。

でも今さらそんなことを後悔しても仕方がないから、さっさと調べよ……。

まず、教室に入ってすぐの二列。

机の中を覗きながら屈んで移動する。

六十～七十センチくらいの大きめのぬいぐるみなら、見落とさないはず。

でも、この二列にはないみたい。

机の中にも、もちろん何もなかった。

次は真ん中の二列……も、ない。

とすると最後の窓側の二列しかない。

「ん……？　シャーペン？」

そして、後ろの席から調べていこうと一番後ろの席を照らすと、机の中にシャーペンを見つけた。

無意識にそれに手を伸ばす。

青を基調とした男の子っぽいシャーペンだけど、ピンクの小さいストラップを見れば女の子の持ち物っぽくも見える。

なんだか……かわいい。

……そういえば、私と望絵のカバンがない。

放送で呼び出されて教室に置きっぱなしにしたはずなんだけどなぁ……。

思い返せば、机の中に何もないなんて変な話だ。

大半のクラスメイトが机の中に教科書を置いたままだし、下駄箱にもスクールシューズはなかった。

やっぱり……ここは呪いの中なんだ……。

シャーペンを握りしめたまま、私はぬいぐるみ探しを再開した。

最後の机まで調べ、教卓も調べた。

「……ぬいぐるみは……？　ないじゃん……」

紙に書かれた【教室〇二〇四〇三】。

どういうこと……？

下駄箱以外にぬいぐるみを隠す気なんてなかった感じだったのに……今さら隠してきたってわけ？

他に出席番号を使う場所なんてあった？

まず教室でしょ……。

あるのは机とイス、教卓に黒板に水道……掃除用具入れにロッカーに……ん？
そうだ、ロッカー‼
ロッカーなら出席番号順に並んでいるし、すぐわかる‼
小走りでロッカーに向かった私は、バン、とロッカーを開けた。
「あった‼」
出てきた、クマのぬいぐるみ。
これを持って、二階の展開教室に戻ろう。
悠人くんに裂いてもらわなきゃ！
持っていたシャーペンを胸ポケットに入れ、ぬいぐるみを抱き上げた。
そのまま教室を出て廊下を走り、階段をおりる。
みんなはどこにいるんだろう……？
不安になるくらいに静かだ。
まさか、また誰か死んでなんかいないよね？
いや……悲鳴も聞こえないし……大丈夫だと信じよう……。
カラカラ、と微かな音を立てて展開教室の扉を開けて中に入る。
「悠人くーん……？　いるー？」
小声で呼びかけると、教室の奥のほうで影が動くのが見えた。

よかった、ちゃんと待っていてくれたんだ。

「ごめんね、悠人くん。置いてっちゃって……。見て、ぬいぐるみを見つけたよ」

「いや……別にいい。貸してみろ」

はい、とぬいぐるみを渡すと、悠人くんはすぐさま破いてくれる。

予想どおりというかなんというか、また中からは紙が出てきた。

「えーっと……【ごめんなさい】……。え？」

しかも、裏を見ても何も書かれていない。

どうやらこれだけみたいなんだけど……。

ごめんなさいって……何？

なんで謝っているの？

「……？　どういう意味だろう……？」

「さぁな……。それより、三階には何もいなかったんだろ？　だったらそれより上の階を調べようぜ。もう調べるとこなんてねーんだしよ」

「あぁ……うん、そうだね。じゃあ行こっか」

立ち上がって歩き出す悠人くんに、慌ててついていく。

【ごめんなさい】の理由は、あとで考えることにしよう……。

暗い階段を今度は二人で上がり、紙に書かれていたとおり三階の配膳室へと足を向ける。

私も悠人くんも道中で一言も言葉を発さなかったのはきっと怖さからだろう。

声を出して、もし〈あの子〉に見つかりでもしたら……。

そう考えると迂闊《うかつ》に物音は立てられない。

「……待って……悠人くん」

ふと前方に違和感を感じた私が、悠人くんを小声で呼び止めた。

暗くてよくわからないけど……誰かいる？

配膳室前に、うずくまっている人影がある。

よくよく耳を澄ましたらすすり泣く声も聞こえるし……。

カチ、と懐中電灯をつけて、その人物を照らしてみる。

なんとなく懐中電灯をつけていると幽霊に気づかれそうで、今までは消していたんだけど。

その光に気づいたらしい人影が顔を上げる。

……見慣れた人物だ。

「望絵……！」

「……芽衣‼」

「……！　しーっ！　あんまり大声を出さないで‼」

私の必死の形相を見てか、望絵は口を押さえて感嘆の声を止めた。

「望絵、こんなところにいたんだ！　よかった……無事で……」

「なに言ってんの、それはこっちのセリフだよ！　あんた、あの変なのに追いかけられちゃうんだもん……！　先生みたいになったらって思ったら……怖くて……」

完全に泣き顔の望絵の頭を撫でながら、悠人くんに視線を向ける。

はぁ、とため息をついて壁にもたれかかった様子を見るに……いろいろ説明している間は待っていてやるよ、ってところかな？

「あのね望絵、さっき先生を……その、こ、殺した奴は……〈あの子〉って言うんだけど、耳がよくて目が悪いの」

「……？　紙に書いてあったよね……？」

「うんそう、それ。だから音を立てないで。音さえ立てなければ大丈夫だから」

「……わかった……」

「それと、〈この子〉って言うのもいるみたいなの。〈この子〉は人を騙して〈あの子〉を呼ぶらしいけど、私たちはまだ〈この子〉を見たことがない。説明が少ないけどわかった？」

「……」

無言でコクコク頷いた望絵を立たせて、「お待たせ」と悠人くんに声をかける。

とりあえずは、これくらい説明すれば大丈夫だろう。

むしろ私もこれくらいしか知らないし。

「今はこの配膳室を調べようとしているとこ。放送室で見つけたあの紙に書いてあったからね」

「……うん」

涙を拭いた望絵が、壁に手をついて立ち上がる。

涙は止まったみたい。

あとは……朱里さんと桜ちゃん、歩、狛くん。

朱里さんと桜ちゃんは四階を調べているんだっけ。

歩は……〈あの子〉に追いかけられて走っていったのを見たし……悠人くんと会った時も追いかけられていたよね。

大丈夫かな……？

運よく音を立てずにやりすごせていればいいんだけど……。

狛くんは……あれ？

まったく情報がない。

生徒玄関で別れたあと……どこへ行ったんだろう？

「ねぇ、二人とも……狛くんって見かけた？」

「……狛？　あたしは見かけてないよ……」

「狛……あぁ、あの転校生か。俺も見かけてねーな」

目撃情報もなし……っと。

階段は一つじゃないから、会わないことだってある。

でも、誰か見かけた人がいてもいいんじゃないの？

ぬいぐるみや〈あの子〉について何も知らないであろう狛くんが、そんなに動くこともないだろうし……。

放送室に置いてあった紙に書いていない……つまり、このメモに入っていないどこかの教室にいたのかな……。

狛くんも無事だといいんだけど……。

「……芽衣？　どうかした？　配膳室に入らないの？」

「わっ⁉　ううん！　なんでもない！　みんなは大丈夫かな？って考えてただけ！」

すると、「そう？」と首をかしげる望絵。

びっくりした……目の前にいきなり望絵の顔があるんだもん……。

っていうか、ボーッとしているうちに、もう悠人くんが先に探し始めちゃってるよ。

「じゃあさっさとここを探して、次はすぐそこにあるトイレに行こっか。三階の男子トイレって書いてあったけど……」

「こんな時に男子トイレも何もないでしょ！　あたしたちは別に用を足しに行くわけじゃないんだからさあ」

ま……それもそうだよね。

三人で調べたほうが早いし。

「おい！　見つけたぞ！」

「あ、はいはーい……。……？」

配膳室内のエレベーター付近から聞こえた悠人くんの声に振り向いた瞬間、何か違和感のようなものを覚えた。

違和感というよりも、嫌な予感って言ったほうが正しいかな。

「……少し静かにして……」

小声でそう言って、耳を澄ます。

集中して外の音を聞き取ると微かに……。

「……い……目……ちょーだい……」

やっぱり！

どうしよう、こっちに近づいてきているような気がする！

「〈あの子〉が来た‼　みんな音を立てないで！　隠れよう！」

「……！　おい、エレベーターがこの階に止まってっぞ！」

「あわわわわ……！　は、早く隠れよ！　芽衣、早く早く！」

「うん……！」

急いでエレベーターに駆け込んで口を塞いだ私たちは、一つの音も聞き逃さないように神経を研ぎ澄ませて壁に耳を当てた。

「……」

うーん……！

エレベーターのせいかな……。〈あの子〉がなんて言っているか聞き取れなくなってしまった。

これじゃあ正確な位置はわからないけど……仕方ないか。

そう思った瞬間だった。

「……、……の目……」

何を言っているのか聞き取れるくらいに、〈あの子〉が近づいてきた……っ！

なんか……一直線にこっちに来ているような感じなんだけど⁉

そうだ、さっき悠人くんがぬいぐるみ見つけたって大声で私たちを呼んだから……

もしかして、見つかった？

……。

……そういえば、悠人くんはぬいぐるみを見つけて私たちを呼んだんだよね？　だけど今、悠人くんはぬいぐるみを持っていないし……エレベーターの中にもぬいぐるみはない。

でも悠人くんの声はエレベーター付近から聞こえたよね？

エレベーターに駆け込んだ時も見当たらなかったけど……見落としたとか？

「あなたの目……ちょーだい……」

うわぁっ⁉

いつの間にかはっきりと聞き取れるようになっている！

やっぱり見つかっている……！

「〈あの子〉がもしエレベーターに来たら……その瞬間に逃げよう！　エレベーターの扉が開いた瞬間に走ろう！」

それしかないよね……。

エレベーターまで来ないことを祈るけど……。

「ちょーだい……」

ペタペタ……ガラッ！

今の音……配膳室に入ってきた……‼

「目……」

どうして……⁉

エレベーターに入ってからは音なんて立てていないのに。

なんで一直線にエレベーターに来るの……！

「ちょうだい」

はっきりと……確信しているようにそう告げた〈あの子〉。

その瞬間、エレベーターの扉が動いた。

「走って！」

エレベーターのドアがまだ完全に開ききっていない状態でドアをすり抜けた私は、一言そう叫んで駆け出した。

〈あの子〉は大声を出した私についてくるはず。

その間に二人は逃げられるよね？

あとは……私がどうやって〈あの子〉を撒《ま》くか。

音を出さずに隠れればいいんだよね？

四階は朱里さんや桜ちゃんがいるかもしれないからダメ。

階段をおりる？　それともこの階にとどまる？

あぁ、迷っていたらどっちもできなくなる！

「おい！　足おせーな！　もっと速く走れねーのかよ⁉」

あれっ⁉

いつの間にか望絵も悠人くんも私に追いついている‼

望絵がものすごく足が速いのは知っていたけど……私めっちゃ足手まとい⁉

これでも必死に走っているのに……。

迷いなく下におりた望絵と悠人くんを見て、私もなんとかついていく。

「芽衣、悠人、ここに隠れよ！」

「！」

望絵が一足先に、二階の階段に一番近い三年一組に駆け込む。

それにならって、悠人くん、私と教室になだれ込むように駆け込んで、静かに扉を閉めた。

「……」

ペタペタ……ペタペタペタ……。

〈あの子〉の声は聞こえないけれど、明らかに階段の前あたりからの足音がする。

よかった……迷っているみたいだ。

「……なぁ」

っ⁉

ゆ、悠人くん⁉

今、喋《しゃべ》ったら気づかれちゃうよ‼

「……何……っ⁉」

焦りながら返事をしたけど、相変わらず廊下の足音はペタペタと同じところを行ったり来たりしている。

こ、このくらいの声なら気づかれないっていうの……？

「二手に別れよう。俺は一階、二階で〈あの子〉を引きつける。お前らは三階でさっきの続きを探してくれ」

「えっ……？」

そ……それでいいの……？

たしかに悠人くんは男の子だし、足は速い。

私なんかが囮《おとり》になるより生き残れると思う。

でも……悠人くん、あんなに怖がっていたのに？

だけど、私が三階から展開教室に戻ってぬいぐるみを渡したあたりから、なんかぬいぐるみ探しに積極的になっていたような……。

三階には〈あの子〉がいなかったから三階に行こう、とか……私が帰ってきたからっていないとは限らないはず。

ぬいぐるみを展開教室で見つけた時は触りたくもないと言っていた悠人くんが、ここまで短時間で恐怖を克服できるの？

そうだ、あの時に決めた合い言葉……。

私は今、『何？』って聞いたよね。

でも悠人くん、『人間』って言わなかった。

いや、あれは単なるふざけで今はそれどころじゃないってだけかもしれない。

でも……怪しすぎる。

もしかして私が自分たちのクラスの教室を探している間に、悠人くんに成り代わったんじゃないの？

まだ見たことのない……〈この子〉が。

そうしたら、音も立てていないはずのエレベーターに〈あの子〉が一直線に来たのも頷けるし……。

足音でさえ位置を把握してくる〈あの子〉が今、喋り声に反応しないのも頷ける。

私たちを油断させて、悠人くん……いや、〈この子〉と切り離す。

きっと最初こそ〈あの子〉は悠人くんになった〈この子〉ついていくふりをして、もう追ってこないと油断した私たちを追いかけてくるはず。

私たちが配膳室にいるって〈この子〉から教えてもらった〈あの子〉が、音を頼らずに私たちを殺しに来るのだ。

とりあえず、確認。

これさえ確認できれば、悠人くんなのか〈この子〉なのかはわかる。

「ねぇ悠人くん……」

「あ？」

「……何？」

「はぁ？　こっちが聞きてえよ。話しかけてきて『何？』ってなんだよ」

……。

決まりだ。これは悠人くんじゃなくて〈この子〉だ。

「ううん、なんでもない。わかった。じゃあ悠人くんに〈あの子〉は任せるね」

「おう。行くぜ！」

瞬間、バン！と大きな音を立てて教室の扉が開いた。

〈この子〉が開けたのだ。

「おい‼〈あの子〉‼　こっちだバーカ！」

「……目、ちょーだい……」

〈この子〉が悠人くんの声で叫ぶ。

〈あの子〉はそれについていって、一階におりていった。

「……望絵。何も言わずに私についてきて」

「え……？　う、うん……？」
もう、〈あの子〉の音も〈この子〉の音も何も聞こえない。
きっと下で、スタンバイしている。
私は望絵の腕を引いて、階段を駆け上がった。
三階は通りすぎて……四階まで。
三階まではパタパタと足音を立てて、四階に行く時はそーっと歩いてきた。
階段の影から、じっと三階を見つめる。
私の予想が合っていれば、もうすぐ〈あの子〉は階段を上がってくる。
そして、配膳室に向かうはずだ。
ペタ……ペタ……。
来た！
よかった、気づけて……。
もし本当に配膳室に行っていたら……〈あの子〉に殺されていただろう。
合い言葉、結構使える。
「目……ちょーだ……」
ペタ……ペタ……。
〈あの子〉が階段を通りすぎ、配膳室のあるほうへ向かっていく。

完全に音が聞こえなくなったところで、ふぅ、と息を漏らした。
チラリと望絵を見ると、廊下を移動していた〈あの子〉に驚いている様子。
……まずは、望絵に説明するところから始めなきゃなぁ。

ジョウケン

「つ、つまり……さっきまであたしたちが一緒にいたのは悠人じゃなくて〈この子〉だったってこと……？　あたしたちは騙されてたってわけ？」

とりあえずことの成り行きをすべて話した私は、なんとか理解したらしい望絵の言葉を肯定する。

普段の望絵なら、『芽衣一人で三階に行かせるなんてサイテー！』とか言うかと思ったけど、さすがに今は恐怖が勝っているのか話を真剣に聞いてくれた。

「うん、そう。その前に悠人くんが冗談半分で決めた合い言葉が役に立ったよ」

幽霊と一緒にいたという事実がそれほどまでに怖かったのか、望絵は軽く放心状態で黙り込んでしまった。

でも一つわかったことがある。

〈この子〉と一緒にいたこの望絵は……間違いなく本物だ。

同時に二人の〈この子〉がいるわけないもんね。

いや、むしろここではそれもアリなの？

……ない、よね？

先生が襲われる前に見た紙の内容だって覚えていたし、本物なはず。

〈この子〉はきっと現実の私たちになりきってくるんだと思う。

だけど、この世界で変わった私たちのことはわからない。

私たちをつねに監視しているわけじゃない。

こっちに来てからの私たちはわからない。

それを逆手に取れば、〈この子〉を騙せる……と思う。

「望絵、合い言葉だけど……。どっちかが『何？』って聞いたら、まず『人間』って答えるの」

「……『人間』？　何それ……変なの……」

「うん、それは私も思った。けど役に立つんだからいいじゃん！」

まぁ……と曖昧な返事をする望絵。

〈この子〉が絶対に答えられないような変な合い言葉だからこそ役に立つもの。

勘で答えられちゃったら、それこそ本当に意味がないからね……。

悠人くんはそのことを考えて、この合い言葉にしたのかな？

……いや、ただの冗談な気がする……。

「とりあえず朱里さんと桜ちゃんと合流しよっか。二人一緒にいてくれるとうれしいんだけど」

ついでに途中で別れていないで、ずっと一緒だったなら……〈この子〉じゃないってわかるんだけどなぁ。

まずは二人を探さなきゃ。

私たちが一階、二階をすべて探索し終わったくらいだからまだ四階にいるとは限らないし、すれ違いになった可能性だってある。

階段の踊り場で息を潜めていた私たちは、こそこそと階段を上って四階に移動した。

「さて……と……。じゃあ、まずは音楽し……」

——ザザッ……。

音楽室から探そう、と言いかけた時、スピーカーから音が聞こえた気がして続く言葉を急いでのみ込んだ。

何……？　今、ノイズ音が聞こえなかった？

『お知らせします。渡辺先生が、たった今ご逝去されました。……というわけで、残り七人。まだ誰もゲームをクリアしてないけど、頑張ってね～』

——ブツッ‼

「……。え？」

佐久間さんの声がやむと、途端にあたりの空気が冷たくなった気がした。

渡辺先生が……ご逝去？

ご逝去って亡くなったってことだよね？

今？　なんで？

〈あの子〉に襲われたのは……だいぶ前だったよね……？

まさか……先生は生きていたの……？

「ねぇ、望絵……。私が〈あの子〉に追われて技術室を出ていったあと、望絵はどうしてたの？」

そういえば望絵と会った時、私は自分が見てきたことを説明したけど、望絵のことは一切聞いていなかった。

渡辺先生が生きていたってこと、望絵は気づかなかった……？

「え……えっと……あたしは……。しばらく腰を抜かしてて動けなくて、芽衣が出ていったドアをボーッと見つめてた……。それから我に返って逃げなきゃって思い立ち上がって……あ」

「何？　望絵……何か思い出した？」

サーッと青ざめていく望絵に問いかける。

「あ、あたし……見たの……！　渡辺先生が……生きてるとこ……」

「えっ⁉」

望絵はよほど思い出したくないのか、頭を抱えてうずくまる。

それでも必死に言葉にしようとしているようだった。

「一瞬だったけど……たしかに目が合ったの！　細かくはわからないけど手足はもうなかった……というか、たぶんあったと思うけど、肉片で……！」

うっ、と望絵が呻く。

思い出したのだろう。

だけど、すぐに息を整えて続ける。

「でも……胴体は見た感じ大丈夫だった……。なんか……急所だけは避けてるような、そんな感じがしたの」

「うん、うん……そっか。望絵、もういいよ。わかった……ありがとう」

これ以上思い出させると望絵が吐いてしまいそうで、多少無理やりかもしれないけどお礼を言って話を終わらせた。

急所だけは避けている……。

『長い間苦しんでから死ね。私の苦しみを思い知れ』

今はスピーカーから音なんて聞こえていなかったけど、どこからかそんな声が聞こえたような気がした。

きっと、それが佐久間さんの思い。

その思いを受けて、渡辺先生は死んでしまった……。

「……考えてても仕方ないね。望絵、音楽室に行こう」

「え……。……うん」

何か言いたげに口を開いた望絵だったけど、言葉をのみ込むようにして私の言葉に頷いた。

きっと、『あたしが渡辺先生を見捨てたんだ』とか思っているのだろう。

でも、それだったら私だって先生を見捨てて逃げたわけだし……その結果〈あの子〉に追われたけど、私だって同罪になる。

とにかく今は、あの時のことを気にしている場合じゃない。

早く進まなきゃいけないの。

私はともかく、巻き込まれたといってもいい望絵と完全に巻き込まれただけの狛くんには絶対に死んでほしくない。

だって、二人は何もしていないのに……こんなのって、おかしいでしょ？

佐久間さんに、『ついで』と『なんとなく』なんて言われていた二人。

そんな理由で殺されたらたまんないよ。

「朱里さん……桜ちゃん……いるー……？」

小声で呼びかけながら入った音楽室。

心愛さんの遺体が見つかった場所だからなのもあるけど、やっぱり昼間と違って怖さが増している。

普段はなんとも思わない壁にかけてあるベートーベンやモーツァルトの肖像画も怖いし、何よりピアノが今にも鳴り響きそうで怖い。

……。

「いなさそうだね。次は……あ、第二音楽室にも行こっか」

音楽室とちょうど隣り合っている第二音楽室。

入ってキョロキョロと教室を見回すも、誰もいないみたいだ。

「ねぇ、芽衣」

「ん？」

ドア付近で声をかけてきた望絵に振り向く。

けど、望絵は私に背を向けていたため表情はわからなかった。

……背を向けている？

何？　何かあったの？

「何か……聞こえる」

望絵がそう言って耳を澄ますから、私もそれを真似る。

「……、ちょーだい……」

ま、また〈あの子〉なの⁉

何回鉢合わせれば気がすむの‼

「芽衣っ！　どうする？　ここに隠れる？　それとも逃げる⁉」

「え、えぇと……っ」

ここは音楽室だから、あまり物がない。

隠れるにはちょっと不都合だけど、〈あの子〉は盲目なんじゃないってほどに目が悪い。

ならば、音を立てずに隠れるのが正解……？

「……くしつ……」

「え？」

何か、〈あの子〉の『目、ちょーだい』とは違う声が聞こえたような気がして、望絵に目を向けた。

だけど、望絵はふるふると首を振って〝あたしじゃないよ！〟とアピールしている。

……じゃあ、誰……？

「音楽室に……おめめが四つ……」

……えっ⁉

まさか……〈あの子〉⁉

〈あの子〉って決まった言葉しか話さないと思っていた……！

それに、音楽室ってことは、私の両目と望絵の両目とで、おめめが四つ。

完全に見つかっている‼

「に、逃げなきゃ！」

「芽衣！　どこに行く……⁉」

「とにかくここから離れよう！」

すぐさま音楽室を飛び出した私たちは、走りながら考える。

どうせなら……ぬいぐるみがあるところがいいよね。

〈あの子〉に邪魔されて探せなかった三階の配膳室。

そこがいいかな？

〈あの子〉の声は逆方向の向こうから聞こえたから、もう配膳室にはいないはず。

チラリと望絵を見ると、こくん、と無言で頷いてきた。

これはたぶん、〝ついていくよ〟ってことなんだろう。


タタタタタタッと階段を駆けおりて、私たちは配膳室に駆け込んだ。

急いで扉を閉めて、ホッと息をつく。
だけど――。
「ひっ……!?」
……なんで?
なんで、目の前にいるの?
なんで配膳室の中に……?
「〈あの子〉……!?」
私の呆然とした呟きに反応した〈あの子〉が、私たちを見てニタリと笑った。
じゃあ、さっきの声は?
向こうから聞こえた声は……。
「目……ちょーだい……」
あ!!
そうだよ、完璧に忘れていた……!
〈この子〉だ!
私たちの誰かに成りすませるなら、〈あの子〉にだって成りすませるはず!
さっきの〈あの子〉が話すことのない言葉は、〈この子〉の仕業だったんだ!
どうしよう……!?

完全に見つかっている……というか見つかっていないわけがない！
もう！　どうして扉を閉めちゃったんだろう!?
扉を開けている時間なんてないよ……！
それでも開けなきゃ、と頭ではわかっているけど、体が恐怖からなのか動かない。
さっきまで動いていたのに……！
動いてよ……早く、早く、早く!!
ロボットみたいにぎこちない動きで扉に手をかける。
……本気でヤバい。
いろいろ考えていないでさっさと逃げればよかったのに。
もう、手を伸ばしたら捕まえられるくらいに距離を縮められてしまった。
〈あの子〉が私に手を伸ばす。
指先が触れてしまいそうだ。
私も……死ぬのかなぁ……。
このまま、死んじゃうのかな……？
〈あの子〉の指先を見つめて、涙をポロリとこぼした。
もうなんにもできないや。
でもせめて……望絵は逃げてほしいな――。

「……やめて‼」

最後に望絵を見ようと顔を上げた瞬間、隣にいた望絵が大声を出した。

思わず耳を塞ぐ。

涙で視界はボヤけているけど、望絵が必死なのは伝わってきた。

「ねぇ佐久間‼　聞いてるんでしょ⁉　芽衣はねぇ、あのいじめっ子たちに言ったんだよ⁉『佐久間さんが死んだのはあなたたちのせい、あなたたちが殺したようなものでしょ⁉』って‼　どれだけ芽衣が勇気を出したのかわかる⁉　わかるよね⁉　次のいじめの標的になるかもしれないのに、芽衣は言ったんだよ⁉」

……望絵。

違うよ……望絵。

たしかに言ったけど……もう遅かったんだよ。

遅かったら、なんの意味もないんだよ。

無意識に涙が溢れ出し、頬を伝う。

「望絵……ありがとう。でも、もういいよ。遅すぎたよね。佐久間さんが本当に聞いているのかはわからないけど……最後に謝らせてくれる？　ごめん……ごめんね、佐久間さん。見て見ぬふりされて、辛かったよね……。いいよ、殺して……殺されても仕方ないことを私はしたんだよね」

まだ死にたくないって気持ちはある。

でも、涙が止まらないのはきっとそれが理由じゃない。

私はゆっくりと目を閉じて、殺される……その時を待った。

少しの間、沈黙が続く。

……まだかな。

こんな恐怖を味わうくらいなら、早く死にたいのに。

──ザザザッ……。


え？

放送？　なんで？

私はまだ、死んでいないのに……。

『……お知らせします。芽衣ちゃん、ゲームクリアです!!　さぁ、残りの人がクリアするまで頑張って生き残ってね～！　ちなみにクリア人数一人、未クリア人数六人、死亡者数一人でーす』

「……」

「……え？」

そして、ブツッと切れた放送に私も望絵も少しの間、放心する。

ちょ、待って待って。

涙が止まっちゃったし。

クリア？　私が？

なんで？　私、今なんかした？

殺されそうになっただけじゃん。

どういうこと？

そういえば、目の前にいたはずの〈あの子〉も消えているし。

ゲームクリアの条件って……。

今なんかいろいろ言って……あ、いや、簡単に言うと謝ったけど、それが条件だったりするの？

謝罪？　謝罪なの？

え、本気で？

「……や、やったね、芽衣……。なんかよくわかんないけど、おめでとう！」

「う、うん……ありがと……」

しどろもどろになりながら、静かにトンと望絵とハイタッチをする。

二人とも口角は上がっているけど、おそらく目は笑っていない。

だって、まだあまり状況がのみ込めていないから。

たしかさっき……『残りの人がクリアするまで頑張って生き残ってね』って言って

いたよね？

じゃあ、クリアしてもまだ襲われる危険はあるのかな。

だったら、〈あの子〉がどこに行ったのかはわからないけど警戒はしたほうがいいよね。

「うーん、とりあえずここのぬいぐるみだけ探しちゃおっか……？　じっとしててもどうしようもないよね……って、すぐそこにあったよ……」

話しながら配膳室内を見回すと、すべてを言い終えないうちに落ちているぬいぐるみを見つけた。

あれ……さっき悠人くん……〈この子〉と三人でここへ来た時、こんな近くにあったっけ？

それに……なんか、破けてない？

「芽衣、これも中身ないみたいだよ？」

「え……。さっき来た時は中身は見ていないはずだから……さっき私たちが出ていた間に誰かここに来たの？」

「さあ……？」

空っぽのぬいぐるみを見つめて、頭をフル回転させる。

私たちが一回逃げて戻ってくるまでの間に中身を回収したと考えると、ここに来たのはぬいぐるみの中に何かがあると知っている人物ってことになるよね。

だってそうじゃないとそんな短時間でぬいぐるみを見つける、破く、中身を持ち去る、なんてできるわけがない。

よくてぬいぐるみを持っていくか、それとも悠人くんみたいに触らないか。

迷いなくぬいぐるみを破かなければ中身を持ってここからは逃げられないはずだから、ここに来たのは悠人くんか朱里さん、桜ちゃんのうちの誰か、ということになる。

歩と狛くんは知らないはずだし……って、もし三人のうちの誰かに会って話を聞いていたら、その二人のどっちかかもしれないじゃない。

あー……ダメだ。

考えても無駄かもしれないなぁ、これは。

「まぁ、誰か来たって言うんならまだ近くにいるかもしれないし……探そうか」

「そうだね」

配膳室から出て、懐中電灯で適当にあたりを照らす。

「あ、ねぇ、芽衣」

「ん？」

「ごめん……なんか緊張から解放されたからかわかんないけど、トイレに行きたくなってきた。ちょっと待っててくれる？」

あはは……と配膳室のすぐそばにあるトイレを指さした望絵に、ため息をつく。

「いいよ、行ってきて。〈あの子〉が来るかもしれないから早めにね」

「うん、わかってるって！」

言うほうが早いか、動くほうが早いか、望絵はトイレに駆け込んでいった。

もー……まさか大きいほうじゃないよね？

それは本当に困るんだけど。

なぜか私は〈あの子〉との遭遇率がやけに高いような気がするから、人一倍気をつけないと。

壁を照らしても天井を照らしてもいつも通っている学校と変わらないのに、心なしか黒い雰囲気を漂わせる空間に身震いする。

でも、なんとなくさっきより空気が軽くなった気がしなくもない。

それはただ私がゲームクリアしたから安心しただけなのか本当に軽くなったのかわからないけれど、今なら〈あの子〉と出会っても逃げきれる気がする。

「なーんて……本当に来ないでよ？」

そんなの錯覚だし、足が速いわけじゃないんだから。

なんだか急に不安になってきて、急いでまわりの音に気を張り巡らした。

〈あの子〉の声は――聞こえない。

よかった……。

そう思って、安堵の息を漏らそうとした時だった。

……ペタッ。

……え？　……気のせい？

今、階段のほうから足音……みたいな音がした気がするんだけど……。

いやいや、〈あの子〉の声は聞こえないし、足音が聞こえるくらい近くにいて声は聞こえないとかないでしょ。

気のせいだよね、気のせい……。

……ペタッ。

やっぱり聞こえるよ！

どうしよう、望絵は……もし〈あの子〉だったら大声を出して望絵に知らせて、それから逃げたほうがいいよね。

うん、逃げる準備はしておいても損はない。

……ペタッ。

やっぱり……近づいてきている……。

階段から来るんだったら逃げ道は一つしかないけど……。

あれ？　〈あの子〉って音を立てなければ大丈夫なんだっけ？

じゃあ……やりすごせるんじゃない？

……ペタッ。

懐中電灯を念のために消した矢先、階段からヌッと黒い影が現れた。

間違いない……〈あの子〉だ。

もう遠目からでもわかるくらいに見慣れてしまったらしい。

……ペタッペタペタ……。

しばらくの間、その場をうろうろと彷徨《さまよ》う〈あの子〉。

気づかれていない。このままならやりすごせる。

そうそう、そのままあっちの廊下に行って。

こっちじゃなくて、あっちに行ってよね……。

よし、そのまま……！

そう思った瞬間、背後から靴の音がした。

〈あの子〉もそれに反応して、せっかく行った道を戻ってくる。

「ごめんね、芽衣！　お待たせ……」

「望絵！〈あの子〉がいる！　私が引きつけるから隠れて‼」

「えっ」

「……あなたの目……ちょーだい……？」

やっぱり〈あの子〉の声だ。

背後の気配がトイレの中に戻ったのを確認した私は、〈あの子〉に向かって声をかける。

「〈あの子〉！　私はこっち！　こっちだよ‼」

「ちょーだい……あなたの……」

真横の廊下に飛び出した私は、〈あの子〉が来たのとは別の階段に向かって走る。

向かう場所は音楽室。

出入り口が二つあって、さらに繋がっている準備室の出入り口も考えると合計三つ。

ひとまず隠れて、それで見つかったら一つの出口から出て別の入り口から入る。

それを繰り返す……という作戦。

よかった、足音が聞こえて。

作戦を考える時間があった。

素早く音楽室に滑り込んだ私は、足音をさらに小さくして準備室に滑り込む。

ここにはあまり入ったことがないんだけど……出入り口があるはず。

あたりを見ようと首を動かした時、早くも後ろに気配を感じた。

「……目……ちょーだい……」

ペタペタと狭い室内に軽い音が響き渡った。

後ろを振り返らなかったからわからなかったけど、ずいぶんと近くまで迫られていたようだ。

恐怖で叫び出しそうになるのを堪えて、なんとか音を立てずに〈あの子〉から遠ざかる。

きっと〈あの子〉も、私がこの部屋にいるのはわかっているだろう。

それを証拠に、ぐるぐると探し回るように歩いている。

準備室の出入り口なんてすぐ見つかると思っていたけど……案外、楽器とか棚とかが多くて奥まで見渡せない。

四つん這いになりながら棚と棚の間をすり抜けて奥へ進む。

あった、ドア！

立ち上がってドアに手をかけ、そーっと開ける。

よし、これで逃げられる……。

——コンッ。

扉の横から聞こえたその音に、息が止まった。

扉が半分くらい開いた状態で停止する。

しまった……床に、楽器が置いてあった。

それに扉が当たって……！

「目、ちょーだい」

「いやぁ‼」

狭い室内だったからなのかやけに大きく聞こえた声に、思わず声が出てしまった。

慌てて口を押さえるけど、〈あの子〉はもう追いかけてきているだろう。

早く逃げなければ……と半分しか開いていない扉をすり抜けて出た先に、一瞬うろたえてしまう。

そこは廊下じゃなくて、紛れもない音楽室で……。

そこで、ふと思いつく。

第二音楽室……。

音楽室と第二音楽室は……準備室で繋がっていた？

準備室なんて入ったことないから考えていなかった。

「ちょーだい」

真後ろから聞こえた声に、弾かれたようにその場を駆け出した。

とにかく出口へ。

その思いも虚しく、恐怖で足がもつれる。

扉はまだ先なのに、尻餅をついてしまった。

「目……」

歩く〈あの子〉から、必死に後ずさる。

そして、背中に感じる固くて冷たい壁。

後ろにもう逃げ場はない。

失敗した……。音楽室に逃げてこなければよかった。

後悔してもあとの祭り、とはこういうことを言うのだろう。

私に手を伸ばす〈あの子〉を見ていると、一瞬〈あの子〉が動きを止めた。

……何？

「……目……ちょーだっっっ」

ゴンッ‼とすごい音がしたかと思うと、〈あの子〉は前のめりに崩れ落ちた。

〈あの子〉の後頭部からは血が流れていて、グロテスクに変形している。

そばにあるのは、その血をたくさん浴びた……何これ？

メトロノーム……？

「おい、何ボサッとしてんだよ。……逃げるぞ」

「えっ、あの……」

「……」

黙って私の腕を引く後ろ姿に驚く。

この後ろ姿……。

チラリとさっきまで私がいたほうを見ると、〈あの子〉がむくりと起き上がったのが見えた。

「……はぁ……走るぞ」

「う、うん……」

彼もそれに気づいたのか、私に一言かけてから走り出した。

迷いのない背中に、温かい手。

なんだか安心できて、さっきまで腰を抜かしていたのが嘘のように私は走り出した。

最終章　ユウキ

ヒトリ

心臓が、ドクドクと脈打っている。
〈あの子〉が怖いから？
それもたしかにあるとは思うけど……理由は、たぶんこっち。
私は今、狛くんに後ろから抱きしめられている状態だから。
外では、ペタペタと〈あの子〉の足音がする。
その足音から逃げるために掃除用具入れに隠れたんだけど……。
狭すぎてその……抱きしめられるような体勢になっちゃったんだよね……。
狛くんはただ私が動いて音を立てないようにしてくれているだけなんだろうけど、
私としては恥ずかしい……！
「……」
その緊張感に加えて〈あの子〉の足音。
外にまで心臓の音が聞こえてしまわないか心配で、さらに心臓が暴れた。
「……」

ペタペタ……。

……足音が、遠ざかる。

どうやら〈あの子〉が諦めてくれたらしい。

階段をおりていくような音がして、あたりが静かになる。

「……ん、もう大丈夫みたいだな」

狛くんもそれに気づいたのか、キィ、と掃除用具入れを開けて私に絡めていた腕をほどいた。

そーっとそこから私が出て、それに続いて狛くんが出てくる。

そして、私は振り向いて狛くんを見た。

「えと……助けてくれてありがとう……」

「……別に。たまたまいただけだし」

抱きしめられていたという気恥ずかしさからか彼と目を合わせることはできなかったけれど、狛くんが私を平然と見ているのだけはなんとなくわかった。

やっぱり、意識しているのは私だけみたいだ。

なんとか意識をそらそうと何か話題を探す……というか、話題ではなく疑問なら嫌というほどたくさんある。

「狛くん、私の他に誰かと会った？　今の状況とか誰かに聞いた？」

「いや……とくには。……なんて名前だっけ、あの明るい茶髪の奴……」

「歩？」

「……たぶん。あいつがあの化け物に追いかけられてたのは知ってる」

どうやら狛くんは、追いかけられていた歩が隠れたのを見ていて、そこから〈あの子〉が迷い始めたから、〈あの子〉の耳がよく、目が悪いことに気づいたようだ。

すごいなぁ、私はあの紙がなかったら絶対わからなかったよ。

狛くんの話を聞くに歩は無事らしいから、ひと安心だ。

朱里さんと桜ちゃんは大丈夫かな……？

「えーと、その歩を追いかけてた奴は〈あの子〉って言うんだけど……あとは〈この子〉って言う私たちの誰かに化けて〈あの子〉を呼ぶ奴もいるの」

「……。へぇ……」

言いながら狛くんは立ち上がって、懐中電灯をつけた。

「……って、なんで狛くん懐中電灯を持ってるの？」

私は下駄箱で見つけたけど、狛くんはまず放送室にすら行かなかったからあの紙も持っていないはず。

「……これ？　音楽室に落ちてたけど」

ピアノのそばに、と狛くんがつけ足す。

……音楽室には朱里さんたちが行ったはずなんだけど……。

あ、紙には音楽室としか書かれていなかったから第二はスルーしたのかな？

「ところで狛くんはどうして音楽室にいたの？」

ふと、思いついた疑問。

こんなわけのわからない状況で紙も持っていない狛くんは、音楽室に用事なんてないはずなんだけど……。

「……さあ」

「えっ」

若干首をかしげた狛くんに、つい驚いてしまう。

さあ、って……。

教えてくれないって意味？　それともただなんとなく、ってこと？

やっぱりなんか……狛くんってわからない。

「さてと……〈あの子〉も消えたことだし……」

そこまで言うと、狛くんは歩き出した。

迷いのない足取りに、慌てて腕を掴む。

「ど、どこ行くの？　その……よかったら一緒に行かない？　探索する場所、わかってるから」

放送室で拾った紙を取り出して見せる。

一人より二人のほうが安心だし、用事もないだろうから誘ってみたけど。

「……行かない」

「あ、狛くん！」

ふぃ、と顔を背けた狛くんは私の手を払いのけると、そのまま教室を出て歩いていってしまった。

な、なんでだろう……？

用事なんてないはずなんだけど……。

転校してきたばっかだし、見て回っているとか？

いやいや……あんな怖い幽霊がいるところでそれはちょっと……ないよね……。

「……仕方ないかぁ……」

ふぅ、とため息をついた私は、懐中電灯をつける。

これまでも何回か一人だったしね。

大丈夫大丈夫。

そう自己暗示しながら、私は教室を出た。

カダイ

教室を出た私は、懐中電灯でまわりを照らしながら歩く。

どうしよう……。

望絵は……たぶんもう逃げたよね。

歩の無事はわかったけど、きっと歩もこの状況がわかっていないだろう。

できれば会って伝えたいところだけど……。

悠人くんは大丈夫かな？

〈この子〉が悠人くんに成りすましていたからあまり長く感じなかったけど、悠人くんと別れてから結構な時間がたっている。

怖がっているのではないだろうか。

歩と会えているのが一番いいんだけどなぁ。

朱里さんと桜ちゃんは……どうだろう？

とりあえず状況がわかっているだけでもまだマシだけど、〈あの子〉は音を立てなければ気づかれないこと、そして、〈この子〉がいること。

まだ伝えなければいけないことはたくさんある。

……。

とりあえずは適当に歩いて、歩、朱里さん、桜ちゃんの三人を探そう。

これが最善策かもしれない。

「……よし」

そうと決まれば動くしかない。

あ、さっき狛くんに歩を見かけたのはどこだったのか聞けばよかったなぁ……。

チラリと狛くんが歩いていったほうを見るけど、もう懐中電灯の光すら見えない。

しまったなぁ……。

朱里さんと桜ちゃんは四階を調べに行ったはずで、私たちがこれだけ調べ終えてから来たことを考えると、おそらくもう四階は調べ終わっているだろう。

ということは、三階か二階にいる可能性が高いかな……？

でも私たち同様、〈あの子〉に追いかけられて移動している可能性もあるし、現に今まで二、三階を移動してきて会わなかったってことは、まだ四階にいるのかもしれない。

……なんだか、あれこれ考えても無駄な気がしてきた。

今は、四階。

ひとまず、この階を一通り探してみよう。

そこまで考えをまとめ、再び歩き出す。

「うーん……美術室、か」

少し歩いたあとに懐中電灯の光の先を見ると、美術室がある。

こんな暗い時には入りたくないけど、一応覗いていったほうがいいよね……。

ごくりと唾を飲み込んで、そーっと扉を横にスライドする。

階段をおりていったはずだけど、万が一、〈あの子〉がまだ近くにいても気づかれないように。

「……っ‼」

「……？」

あれ？

今どこからか息をのむような声が聞こえなかった？

誰か……いる？

扉を開けたままにした私は、教室内へと踏み込む。

襲ってこないことを見ると、〈あの子〉ではなさそうだけど……。

「あのー……誰かいる……？　私、芽衣だけど……」

「っ！　め、芽衣……ちゃん……？」

カタン、と美術室の後ろのほうのイスが動く。

そして、ゆらりと小柄な人の影が姿を現した。

「あ！　桜ちゃん‼　よかったぁ……そうだ、朱里さんは？」

笑顔で近づくと、不安な表情をしていた桜ちゃんが少し笑顔を見せてくれる。

けど、すぐ悲しそうな顔に変わった。

「あ……えと……朱里ちゃんとははぐれちゃって……。なんか、髪の長い女の子が追いかけてきて、バラバラの方向に逃げちゃったの……」

話によると〈あの子〉は朱里さんについていったから桜ちゃんは助かったらしいけど、そうなると朱里さんが心配だ。

校内放送が流れていないから死んでいないのは確実だけど、先生みたいに瀕死の状態だったら……。

ううん、きっと逃げきったよね。

うん、そう信じよう。

「……そっか。あ、他に誰かに会った？」

少しでも場の空気を明るくしようと明るい口調で言ってみる。

桜ちゃんは少し考えたあと、うん、と言った。

「朱里ちゃんとはぐれたのはじつは結構前なんだけど……そのあと、私はしばらく音楽室に隠れてたんだ。そしたら歩くんがね、青い顔で入ってきて……あの女の子のことを聞いたの」

音を立てなければ気づかれないってことを歩から聞いて、桜ちゃんは放送室で見つけた紙のことを教えた。

なるほどね……。

じゃあ、二人とも、だいたいの情報は持っているわけね。

「桜ちゃん、私はこれから朱里さんを探そうと思ってるんだけど……」

「行く！　私も行くよ！」

「あ……う、うん……」

誘う前に答えられてしまった……。

いや、別にそれでもいいんだけど。

結果オーライってことで。

「まだいるかわからないんだけどね、はぐれた時に朱里ちゃん、向こうの教室のほうに行ったの」

桜ちゃんが私の後ろを指さして言う。

じゃあ……そこを探すしかないか。

そこにいなくても、そこまで遠くには行っていないと思うし。

「うん、じゃあ行こうか」

ついてくる桜ちゃんに声をかけながら開けっぱなしの扉をくぐると、廊下の奥にチラリと影が動いたのが見えた。

懐中電灯を持っていてよかった。

懐中電灯がなかったら絶対に気づかなかったもん。

「……だ、誰？　懐中電灯……ってことは、あいつじゃないよね？」

じーっと警戒しながらその影を見ていると、照らされていることに気づいた影が少し大きな声で話しかけてきた。

……ついている。

見つけた、二人目！

「歩！　私、芽衣だよ！」

「……芽衣ちゃん？　よかった、無事だったんだね！」

私を見た瞬間、遠目からでも笑ったとわかる歩が、小走りでこちらに近づいてきた。

遅れて美術室から出てきた桜ちゃんも、びっくりした様子で歩の名前を呼んだ。

「あぁ、桜ちゃんも無事でよかった。……って、さっき会ったか」

あはは、と笑う歩を見ていると、なんだかこの暗い雰囲気も少し和らいだ気がした。

「歩も無事でよかったよ！　聞いたよ、歩も〈あの子〉に追いかけられたんだよね」

私の言葉に、歩は首をかしげる。

あ、そっか。〈あの子〉って名前を知らないんだっけ。

「うーんと、目が悪くて耳がいいあの追いかけてくる女の子が〈あの子〉。それで、いろいろな人に化けて私たちを騙し、〈あの子〉の元まで誘導する……というか、〈あの子〉を呼ぶのが〈この子〉。今わかってるのはそれくらいかな」

私が説明をすると、二人は理解した様子で首を縦に振った。

「ね、歩は他に誰かに会った？」

あとは朱里さんにさえ伝えることができればいいんだけど……。

「んー……ごめん、逃げるのに精一杯で誰にも会ってないんだよね。その、〈あの子〉って奴が目が悪いのに気づくまでずっと走り回ってたからさ」

続けて「このとおり汗だく」と、自分の体を見おろしながら言う歩。

たしかに額には汗が滲《にじ》んでいるし、少し疲れた様子だ。

「あ、芽衣ちゃんさ、悠人と会ってない？　俺、ホラー映画とかって強いほうなんだけど、いざこんな状況になってみると怖くてさ。ホラー映画でもすぐ耳塞いじゃうようなあいつならもっと怖いんじゃないかなーって。叫んじゃったら元も子もないし、心配なんだよね」

今のところ叫び声は聞こえていないから大丈夫だとは思うんだけど、と歩。

悠人くんかぁ……。会うには会ったけどさ……。

「その……私、会ったよ」

「えっ、ほんとに⁉」

「うん……すぐはぐれちゃったけど。とりあえず悠人くんは〈あの子〉も〈この子〉も知ってるし、大丈夫だと思うよ」

「……そうなんだ……。よかった」

心底ホッとしたような顔をする歩に、悠人くんを思い出す。

たしか悠人くんも歩を心配していたよね。

二人とも、幼馴染だからなのかな、お互いを大切に思っているのだろう。

……でも、本当はこの中に佐久間さんも入っていたはずなんだよね。

佐久間さんも……二人と幼馴染だったんだよね。

「……芽衣ちゃん？　どうしたの？　大丈夫？」

「え？」

「あ、いや……なんか一瞬思い詰めたような顔をした気がしたから……。俺の気のせいだったかも」

「……」

歩の言葉で、初めて気づく。

私、そんなに変な顔していたかな。

隣にいる桜ちゃんも、少し不安そうな顔をしている。

いけないいけない。私がこんな顔してちゃダメだよね。

「うーん、どうだろ？　思い詰めてはないけど、ちょっと考え事はしてたかも」

「考え事？」

「うん。私、ゲームクリアしたって放送が流れたでしょ？　それ、どうやってしたのかなーって」

とっさに思いついたことだったけど、それが気になるのも嘘ではない。

「なんか私ね、〈あの子〉に襲われて死にそうになったんだけど、その時パニックで細かいことは覚えてないんだよね……。でも、謝ったことだけは唯一覚えているの。だから、それがゲームクリアの条件だったりするのかなーって」

「……」

私が言うと、二人は沈黙した。

歩も桜ちゃんも、何かを考えているようだ。

そして、先に口を開いたのは……。

「ごめん、佐久間。幼馴染なのに助けてやれなくて。俺……本当に後悔してる」

歩だった。

歩は謝った。

だけど、いつまでたってもスピーカーが喋ることはなくて。

「……うん、違うみたいだね。芽衣ちゃん、他に何かしなかった？　些細なことでいいよ。他に何か、特別なこと……」

あぁ、なるほどね。

歩は本当に謝ったことがゲームクリアのトリガーだったのかを確かめたのか。

でも、違った？

他……他に私は……何をしたんだっけ……？

「……あ、私はやってないけど」

思い当たることがある。

そう、望絵だ。あの時、望絵が私を守ろうとして言った言葉。

「……私があの五人に向かって叫んだって……望絵が」

現実で、何か佐久間さんのためになることをやったか、または佐久間さんを守ろうとしたかどうか。

もしかして、それも条件……？

「……それは……」

「……。私……何か……できたのかな……」

二人の視線が、一気に下がった。

たしかに、『佐久間さんのためになることをやったから許して』、『佐久間さんを守ろうとした』なんて自信満々で言える人がいるとしたら、佐久間さんはきっと死ななかった。

私だって、もっと早くあの五人に言っていれば、こんなことにはならなかったかもしれない。

「……えっと……。それが佐久間さんにとって救いになったのかはともかく……二人は佐久間さんが亡くなったってわかった時、どう思った？」

「え……」

「佐久間が……死んだ時……」

しばらく考え込んだ二人は、難しいことは全部捨てて率直な言葉を選んだようで。

「俺は……悲しかったし、後悔した。それは悠人も同じだったと思う。俺ら、お葬式に行ってさ……骨を見たんだ。そしたら、本当に死んじゃったんだなぁって実感して。二人とも号泣したんだ。俺も悠人も、あいつのことを大切に思ってたから……助ければよかったって」

思い出したのか、歩は目を押さえて顔を隠した。

泣いているのだろう、最後のほうは声が震えていた。

「わ、私も……悲しかった！　私と朱里ちゃんは、二人とも結局なんの力にもなれなかったけど……。それでも、佐久間ちゃんのことは大好きだったんだよ。何度も助けようとしたけど下手に刺激していじめがエスカレートしたらって、結局何もできなくて……ごめん……！　ごめんね……」

桜ちゃんも、涙を流しながらそう言った。

やっぱり、二人とも……ううん、朱里さんと悠人くんも入れた四人とも……。

悲しかったんだよね。助けてあげたかったって、後悔したんだよね。

「……それならさ……。結局、佐久間さんは一人じゃなかったんだよね。ねぇ佐久間さん。佐久間さんをここまで思ってくれる人たち、いるよ。佐久間さんはそれでいいの？　大切な人たち、傷つけてもいいの？」

『うるさいっ‼』

「っ⁉」

私の言葉の直後、スピーカーから大音量の叫びが流れた。

キィン、とハウリングが起こる。

いきなりの大音量に、私たち三人は耳を塞いだ。

『……ゲームを始めた時……悠人も、同じこと言ってたよね。葬式に行ったたって。悠人も悲しんでくれているように見えた。だから、歩と悠人は……ゲームクリア。……だけど、朱里と桜は……まだ信じられない。桜はどうかわからないけど、少なくとも朱里は平然として……悲しんでいないように見えたから。……ゲームクリアおめでとう。クリア人数三人、未クリア人数四人、死亡者一人』

私の時とは違い若干トーンの低い声がぶっきらぼうにそこまで言って、放送はブツリと途切れた。

歩と悠人くんが、ゲームクリア。

それは喜ばしいことなんだけど……。

「どうして⁉　なんで、佐久間ちゃん……⁉　私、本当に悲しかったよ⁉　朱里ちゃんだって悲しかったはずだもん……！　どうして……どうして……！」

ひっく、と嗚咽を漏らしながら泣き崩れる桜ちゃんを、私と歩はただ見ていることしかできなかった。

最初の、『うるさい』という言葉。

仲がよかったはずなのに、許されなかった桜ちゃんと朱里さん。

……わからない。

何に対して佐久間さんが怒っているのかも。

なんで桜ちゃんたちを信じることができないのかも。

いったいどうして……？

「……。桜ちゃん……とにかく今は朱里さんを探そう。泣いていても……何も始まらないよ」

「うくっ……うん……ひっく……」

頭を撫でながらそう言うと、桜ちゃんは泣きやんだわけではないけど小さく首を縦に振りながら答えてくれた。

お願い……今ここに〈あの子〉は来ないで。

来たら桜ちゃんの泣き声で確実に見つかるし、当の桜ちゃんはきっと逃げることができない。

そういえば私がゲームクリアした時、〈あの子〉は目の前にいたのに突然消えたんだっけ？

でもまだいるってことは……もしかしてどこかからリスタート……みたいな場所があるのかな？

誰かがゲームクリアするたびに、〈あの子〉はそのある場所まで戻って、またそこから目を求めて出てくる。

じゃあ、その場所は……？

……なーんて、もしそうだったとして、その場所が特定できたとしてもあんまり関係ないよね……。

　極力そこに近づかないようにする、くらいしかできそうにないし。

「……ごめん。格好悪いところを見せた。今は、泣いてる暇があればみんなをクリアさせないとだよね。朱里ちゃんと桜ちゃんは本当に悲しんでいたって証明する。望絵ちゃんは、何か佐久間のためにしてあげたことがあるかを考えて……。あとは狛か」

　そこまで言って、うーん、と唸った歩が、少し考えてから諦めたように首を振った。

「転校してきたばっかだし……狛はどうしようもない感じがするんだけど……。二人とも、何か案ある?」

「……ごめん、とくには……」

　私が首を振ると、桜ちゃんも涙を拭いながらふるふると首を振った。

　……だよねぇ。問題は狛くんだ。

　狛くんは、佐久間さんが生きている間にはまだ学校にいなかった。

　だから、佐久間さんに復讐される原因なんかない。

「……仕方ないか。狛のことは悪いけど、あとで考えよう。まずは朱里ちゃんと望絵ちゃんを探そう」

「……そうだね。狛くん、たぶん簡単には死なないだろうし……」

　助けてもらったことを思い出して、そう言う。

私たちは〈あの子〉から逃げることは考えても、〈あの子〉を倒すことなんて考えもしなかった。

ましてやメトロノームを投げるなんて……。

そこまで考えて、あることを思い出した。

そう……狛くんに抱きしめられて、隠れていた時のこと。

「……っ」

「……？　芽衣ちゃん？　どうしたの？　顔、赤いよ？」

今度は少し鼻声の桜ちゃんにそう尋ねられ、我に返る。

さっきも何か考えて、歩に呼び戻された記憶がある。

私、そんなに顔に出やすいかな。

「う、ううん！　なんでもない！　早くみんなを探しに行こう！」

「……？　う、うん……」

桜ちゃんも泣きやんだみたいだし。

私たちは足音をなるべく立てないように、そーっと移動を始めた。

まずはこの階をすべて調べてしまおうと、小声で話しながら……。

ココロノササエ

「……あれ？　ねぇ、芽衣ちゃん。あそこ、人影ない？」

「え？　どこ？」

みんなを探し歩き始めて数分。

歩が中庭をまたいだ向こう側の廊下を指さして、私を呼んだ。

「……ぁ、本当だ……！　二人いるよ！」

桜ちゃんが私より早く二つの人影を見つけて、指さす。

そちらに懐中電灯を向けてみると、たしかに、なんとなく人影が見える。

二人ともすごいなぁ。

こんな暗い中で、あんな遠くの人影を見つけるなんて。

私はずっと懐中電灯を持っているから、あまり暗闇に目が慣れていない。

それを思うと、懐中電灯は細かいところを探すためだけに使って、普段は消しておいたほうがいいのかもしれない。

「あ、手を振ってるよ。向こうも気づいたみたい」

懐中電灯の灯りに気づいたのか、一つの人影が大きく手を振っているのが見える。

「行こう！」

そう二人に声をかけ、私は走り出した。

生徒玄関の目の前にある階段を横切って、三階の廊下を走る。

二人ってことは、〈あの子〉ではないだろう。

ぐるーっと中庭を回り込むように向こう側に行くと、スマホの明かりを頭上で振ってこちらに合図を送る人が見えた。

「あれは……悠人くんと朱里さん！」

二人は一緒にいたんだ！

よかった。

悠人くんが手を振っているし、怖いのも少しはマシになってきたのかな？

朱里さんも無事でよかった。

「芽衣」

「悠人くん！　歩、見つけたよ！」

「本当か⁉」

私を見て幾分かホッとした様子の悠人くんが、私の言葉を聞いた瞬間に目を見開く。

それから、私の後ろについてくるように走ってきた歩の姿を見て、さらに安心したような顔をした。

「あ！　悠人！　よかった、無事だったんだね！」

「お前こそ、〈あの子〉に追いかけられてたんだろ⁉　ケガとかしてないか？」

「……。これ、夢かもしれない」

「え⁉」

いきなりよくわからないことを言った歩に、思わず聞き返す。

少し俯いていた歩の顔が、バッと上がる。

歩の肩を掴んでいた悠人くんが、びくりとそれに反応した。

「だって……あの悠人が！　俺を！　心配したんだよ⁉」

「ちょっと待て。歩、お前は俺をなんだと思ってたんだよ」

「毒舌で他人とかどうでもいい人」

「……反論はしない」

「しないの⁉」

「が、歩は他人じゃねーだろ」

「……あ、そっか。幼馴染だからか。なるほど。いやいや、俺さ今まで一回も悠人に心配されたことなかったし、やっぱ信じられない」

「なんでだよ！」

楽しそうだなぁ、二人とも。

なんだかんだ言って、お互いに大好きなんだもん。

幼馴染で、さらに親友、って感じ？

どんなにケンカしても次の日には元に戻っていそうな二人だよね。

「……感動の再会中に悪いんだけど。さっきの放送、どういうことか説明してくれないかしら？」

そんな二人を眺めていたら、それまで黙っていた朱里さんが口を開いた。

全員が口を閉じる。

さっきの、放送……。

歩と悠人くんがゲームをクリアして……朱里さんと桜ちゃんが許されなかった放送であることは、明白だった。

「……えっとね……たぶん、クリアの条件は『佐久間さんのために何かしたことがあるか』と、『佐久間さんへの謝罪の気持ちは本物か』の二つだと思うの。これもたぶんだけど……さっきの言葉、桜ちゃんはもう許されてるんだと思う。でも、一緒にいた朱里さんが信じられなくて、朱里さんと一緒にいた桜ちゃんまで信じられなくなった……んじゃないかな」

精一杯、自分の意見を述べる。

私はこれ以上考えられないけど、きっとそれが答えなんだと思うから。

「……でも俺、なんもしてねーぞ？　あいつのためになんて……なんも」

悠人くんが、少し悲しそうにそう言った。

……やっぱり悠人くんにとって、佐久間さんも歩と同じくらい、幼馴染として大切な人だったんだよね。

それはきっと歩も同じで。

「……そんなことないよ。お葬式、行ったんでしょ？　すごく悲しかったんだよね？　その悲しみ、ちゃんと佐久間さんに伝わってると思う」

「……。そう……か……」

悠人くんの目から、一筋の涙がこぼれ落ちた。

普段の姿を見ていると、泣くなんて想像もできないけれど、本当は悠人くんだって悲しかったはず。

その背中をぽんぽんと撫でると、悠人くんはその場に座り込んだ。

私も、その隣に座る。

「……とりあえずだけど。朱里ちゃんはさ、なんか佐久間のためにしてあげたことってない？　それがあれば一番いいんだけど」

私たちを置いて、話し合いが再開された。

隣でうずくまる悠人くんに腕を掴まれていて、私は身動きができない。

悠人くんも心細いんだろう。ぎゅ、と私を掴む力が強くなった。

「……芽衣」

「ん？」

話し合いを無視して私を呼んだ声に、反応する。

あえて、『何？』とは聞かずに。

「……『何？』」

「……」

私が黙っている間、何かを願うように悠人くんは私の腕を力強く掴んでいた。

でも、その腕はなんだか頼りなく感じて。

「……『人間』。大丈夫、私は本物だよ」

「……。よかった」

掴む力が緩くなって、悠人くんは顔を上げた。

そして、二人で微笑み合う。

「……あのさ、さっきから思ってたんだけど。なんで芽衣ちゃんと悠人、そんなに仲よくなってるの？」

話し合いをしていたはずの歩の声が私たちに向けられて、一瞬驚く。

悠人くんも私を掴んでいた手を離して、歩のほうを向いた。

「うーん……悠人くんとはこの前にも一回会ったんだよね。もう会うのも二回目だし、だからじゃないかな？」

「……あ、そういえばさっきそんなこと言ってたね！　でも、本当にだからなの？　それにしては仲がよすぎる気がするんだけど」

「お前がどーゆー意味で言ってんのかはしんねーけどさ。俺はそん時にいろいろ教えてもらって、〈あの子〉とかを知れたからここまで生きてこられたわけだから……まぁ、普通だろ？」

「……ふぅん」

歩が、納得していない様子で私たちを交互に見る。

そして、諦めたようにみんなを振り返って手をあおいだ。

「まあいいや。それで、朱里ちゃんは悠人から全部聞いてるんだよね？」

「えぇ。〈あの子〉のことも、〈この子〉のこともね」

「それで……」

――ザザザ……。

ふと、スピーカーからノイズ音が流れる。

すごく、嫌な予感。

狛くんか望絵がゲームクリアしたって報告ならいいんだけど、なんだか、そうではないような気がして……。

全員が話をやめて、スピーカーに耳を傾けた。

『……はーい、お知らせしまーす』

さっきまでの暗い声とは一転、普通の声でスピーカーは喋る。

嫌だ。聞きたくない。聞いちゃダメだ。

本能が、そう叫んだ。

『望絵ちゃんが、たった今ご逝去なされました。死亡者数が増えちゃったね。あと、クリアしてないのは三人。頑張ってー』

ブツリ。

頑張って、だけがなぜか棒読みで、なんだか力のない放送。

私は、その放送の意味を理解できない。

「……望絵、ちゃん……」

桜ちゃんが、泣きそうな声で呟く。

……どうして泣きそうなの？

「……嘘でしょ……」

歩も、目を見開いて呆然とそう言った。

……ねぇ、なんでそんなに驚いているの？

「……」

……さっきまで話していたのに。

なんでみんな、そんなに静かなの？

「……芽衣」

「……何？　悠人、くん……」

心配そうにこちらを見た悠人くんに返した言葉は震えていて。

しかも、なんとも情けない声で……。

私は、理解している。

頭では追いつけなくて、ついていけないけど、心では……理解して。

泣いている。心が。もう、嫌だって。

「っ‼〈あの子〉が来たわ！」

「⁉　どこに……あっ！　みんな、逃げて！　うまく撒けたら生徒玄関に集合ね！」

朱里さんと歩の声に、みんなが一斉に走り出す。

私にはもう走る気力もないと思ったけど、私の足は無意識に走り出していた。

望絵。

なんで、望絵が。
望絵は何も悪くないのに、どうして望絵が死ななきゃならないの？
……わからないよ。
巻き込まれただけの望絵が、なんで……？
死ぬなら私でいいはずなのに。
いつも私と一緒にいた望絵。
私が〈あの子〉に殺されそうになった時、必死にかばってくれた望絵。
その望絵が。
望絵。
望絵……‼
「うわあああああぁぁぁあぁ‼」
別に、叫びたかったわけじゃない。
ただ、もう感情が追いつかなくて叫ぶことしかできなかった。
叫んだら、〈あの子〉が来てしまうのに。
もう、それでもいいか、なんて。
自嘲気味にそう笑った私は、その場にへたり込んだ。
夜は、静かだ。

何も聞こえない。

悲鳴も、泣き声も、何も、何も。

この学校には、もう私しかいないんじゃないかと思うほど。

みんな死んじゃった？

私以外、みんな？

ううん……そうじゃない。

死んだとしたら、私の心。

もう、疲れたよ……。

こんなのもう、やだよ……。


「……何やってんの」

横から聞こえた声に、私は顔を上げなかった。

なんで、狛くんはいつも……私を助けるようなタイミングで現れるんだろう。

心の隅でそう考えても、私は動けない。

うなだれたまま、狛くんの足音を聞いていた。

「……叫んだら、〈あの子〉に気づかれる」

「……いいよ、それでも」

「……望絵って子が、死んだから？」

「……」

「……はぁ」

何も言わない私に、狛くんは息を吐いた。

それから、頭の上に……心地よい、温もりを感じた。

「……あのさ。友達が死んだとか、そんなことで自分まで死んでたらキリがないよ」

「……望絵が死んだのは『そんなこと』じゃない……」

「そういうことじゃないよ。ただ……俺は、友達なんかじゃなくて、妹を……実の家族を亡くしたんだ」

「え……」

狛くんの言葉に、さっきまでは上がらなかった頭が自然に上がった。

頭の上に乗せられた手は、それも構わずに私を撫でた。

「事故とかじゃない。自殺だった」

「……」

「妹は、いじめられていたんだ。俺の一つ下で、同じ高校に通ってた。家でも毎日話していたし、仲もよかった。それなのに俺は……いじめに、気づかなかった」

狛くんの目に、熱が宿った気がした。

狛くんって何を考えているのかわからない、なんて思っていたけど。

今はわかる。

本気で、悲しんでいるんだ。

「妹は死ぬ直前まで、学校楽しいよ、学校楽しいよって、嘘をついてた。でも、今思えばそれが妹のＳＯＳだったんだ」

助けて……と。

嘘に、思いを乗せて。

「両親が。いじめも止められない学校に通わせたくないって、俺をこっちに転校させた。だから、俺は今ここにいる」

「……」

狛くんは泣いてはいないけれど、私には泣いているように見えた。

狛くんの心は、泣いている。

それなのに……自暴自棄になった私とは違って、狛くんは自分の足で立って、さらに私まで助けようとしてくれている。

……私、何やっているんだろう。

望絵だって、私が死ぬなんて望んでいないはずだ。

配膳室で、必死に私を守ろうとしてくれた。

望絵に救われたこの命……自分で捨ててどうするんだろう?

「……狛くん」

「ん?」

「ごめん。……ありがとう」

「あぁ」

狛くんはすごいなあ。

不思議な人だけど、何度も私を助けてくれた。

私が落ちついてきたのを確認すると、狛くんは頭を撫でていた手を離した。

……ちょっと、残念かも。

って、何を考えているんだろう、私は。

そんなことを考えている場合じゃないのに。

今は、みんなのクリア方法を考えなくちゃ。

狛くんもクリアしていないし……うん。大丈夫。私、まだ立ち上がれる。

ぐっと手に力を入れて、その場に立ち上がる。

「あ……そうだ。生徒玄関……。生徒玄関に行かなきゃ!」

「生徒玄関?」

「集合してるの。狛くんも来て!」

「……俺は……」

「『俺は行かない』は〝なし〟ね。全員がゲームをクリアしないと帰れないんだから。クリア方法を考えるの、手伝ってほしいの」

「……」

それでも渋っている様子の狛くんの腕を無理やり引くと、その手を払われる。

「……行くから」

ちゃんとついていくから離せ、ってことかな。

また、口数が少ない狛くんに戻っちゃったな。

いつか仲よくなれたらいいのに。

そんなことを思いながら、生徒玄関に足を向ける。

……これでみんなが生徒玄関に行けば、みんなが集まったことになる。

望絵は、残念だけど。

狛くんの話を聞いちゃったら、もう呆然となんかしていられない。

「あ、芽衣！　……と、狛？」

「悠人くん！　他の人は？」

「あぁ、まだ誰も来てねぇよ」

生徒玄関に行き、まずはそこにいた悠人くんと合流する。

狛くんとずいぶん話をしていたような気がするけど、あまり時間はたっていなかったらしい。

「……誰か来たけど」

狛くんの声に振り向くと、歩が立っていた。

「あれ？　君は……狛、だよね？　見つかったんだ？」

「うん。途中ですれ違って」

話をしたことなどは伏せておく。

また面倒くさいことになっても困るし、妹の死の話なんて、できるだけしたくないだろうから。

「あとは朱里さんと桜ちゃんだね」

歩は、私を見てニコッと笑った。

歩なりに、望絵という親友を失った私を気づかっているのかもしれない。

私はそれに、笑い返した。

もう正気も失わないし、最後まで諦めない。

その強い決意を胸に秘めて、全員がここに集まるその時を待った。

モクゼン

「……全員、うまく撒けたみたいね」

たった今、生徒玄関に来た朱里さんが、若干乱れた息を整えながら私たちを見てそう言った。

これで全員。

渡辺先生と望絵を除いた、私、狛くん、悠人くん、歩、朱里さん、桜ちゃんの六人が集まった。

これから私たちがすることは決まっている。

まず、朱里さんと桜ちゃん……といっても、たぶん朱里さんだけなんだけど、その二人をゲームクリアさせること。

そして同時に、狛くんのクリア方法も考えること。

後者はたぶん相当難しいから、まずは朱里さんたちを優先して考える。

「っと、その前に、〈あの子〉が来た時のため、次の集合場所を決めておかない?」

歩の言葉に、みんなが思案し始める。

「そうだな……三階のエレベーター前なんていいんじゃねーか？　あ、配膳室の中のエレベーターじゃないほうのエレベーターな」

「たしかにあそこ、逃げ道が多いもんね。集まりやすいし、いざという時は逃げやすそう」

エレベーター前には階段もあるし、三階なら四階にも二階にも行くことができる。

教室側にも特別教室側にも通じているから、逃げる場所はたくさんある。

理科準備室とか、すぐ近くにちょっとごちゃごちゃしたところもあるし、隠れるのにも向いている。

「うん！　じゃあ、そこにしよう？」

「さて、じゃあゲームクリアの方法を考えようか」

桜ちゃん、歩、と言葉を続けた時、私の肩を、誰かがポンと叩いた。

「……嫌な予感がする。何かあれば、音楽室に集合で」

「え……」

私にだけ聞こえるくらいの小さい声でそう呟いた狛くんは、私の後ろからさりげなく移動する。

……嫌な予感……？

不思議に思って見ていると、狛くんは同じことを悠人くんにもした。

悠人くんは怪訝《けげん》な顔で狛くんを見たけど、狛くんはそれを無視してまた移動した。

……なんだったんだろう。

音楽室？

まぁ……何かあったら音楽室ってことね。

一応、覚えておこう。

「うーんと……桜ちゃんはたぶんほぼクリア状態だと思うから……朱里さんが何か言ったあと、もう一度謝ったりすれば大丈夫なんじゃないかな？」

「そうかな……。でもでも、朱里ちゃんは？　朱里ちゃんはどうすればいいんだろう？」

「……私はとくに、佐久間のためにしてあげたことなんて思いつかないわよ……」

「そうだなー……。ん？　いや、俺もあんまり何かしたとか言ってなかった気がするんだけど……。というか……俺自身はなんも言ってねーよな？　歩がなんか言ったくらいで」

まだ少し赤い目を歩に向けながら、悠人くんが言う。

それを向けられた歩もまた、まだ少し目が赤いままだ。

「最初に『お葬式に行った』って言ったくらいかな？　歩は俺とセットで考えられてたってほうが正しいかもな。桜ちゃんと朱里ちゃんも、セットで考えられてるっぽいしね」

「……そうね。私のせいで桜までクリアできないなんて……悪いわね」

「ううん！　私は大丈夫だよ！」

桜ちゃんは困ったように少し笑って、朱里さんの言葉を否定した。

ギセイ

それからしばらくの間、話し合いは行われた。

もしも〈あの子〉が来たらすぐ気づけるように、と交代しながらここに接している廊下に、各一人ずつ見張りをつけておいたけれど、今のところ〈あの子〉が来る気配はない。

「……」

「……」

そして、言葉を発する人もいない。

数分前までは話していたのだけど、なんかもう意見が出尽くしちゃって、みんな真剣に考え込んでいる……って感じ。

結局いい案も見つからず、途方に暮れる。

「……ごめんなさい、私のせいで」

朱里さんの申しわけなさそうな声に、みんなが黙って首を振る。

今さら、何もしなかったことを悔やんでも意味がない。

それより今できることを探さなければ。

「……桜ちゃん、見張り代わるよ」

なんだかその場の空気に居心地の悪さを感じた私は、ちょうど家庭科室の前で見張りをしていた桜ちゃんに声をかける。

ピクリ、とそれに反応した桜ちゃんが、ふるふると首を振った。

「……ありがとう、でもまだいいよ。私、頭悪いから……芽衣ちゃんが話し合いに参加したほうがいいと思うの」

ニコッと笑ってそう言った桜ちゃん。

でもそれに私は、少しの違和感を覚えた。

どうせ誰も喋っていないから、私でも桜ちゃんでもあまり変わらないこの状況。

頭のよし悪しだって、とくに私がいいわけじゃないのに……。

それに、みんなといるほうが一人で見張っているより怖くないと思うし。

別に、ただ純粋にそう考えて言っただけかもしれない。

でも、なんだろう？

この違和感は。

桜ちゃんに？

それともこの場に？

……わからない。
見て見ぬふりをしようと思えばできる、この些細な違和感の正体が……。
「……そっか。わかった」
無理して代わる必要もないから、素直に引き下がってみんなの元に戻る。
相変わらず申しわけなさそうな朱里さんに、真剣に考え込んでいる様子の歩。
みんなから出た意見をまとめた歩の生徒手帳を睨みつけるように見ている。
何を考えているのかわからない、ただ座っているだけ、といった感じの狛くんと、
向こう側の空き教室のほうの廊下を見張っている悠人くん。
そして、私。
違和感は誰にある？
ううん、誰にも違和感なんてない。
ない、はず……。
「悠人くん。見張り代わるよ」
心のどこかがモヤモヤした気分のまま、今度は悠人くんに話しかける。
すると、悠人くんはパッとこちらを振り向いて立ち上がった。
「おう」
短くそう返事をして、悠人くんは私の横をすり抜けていく。

……。

やっぱり、一人で見張りは怖かったのだろうか。

話しかけてからの交代が早い。

さっきまで悠人くんが座っていた場所にそっと腰かけて、廊下の奥を見つめる。

……なんの気配もない。

影も、動きも、変化も。

『……』

「え？」

瞬間、どこからか、音が聞こえた気がした。

よくは聞こえなかったから、幻聴かもしれない。

でも、幻聴にしてはあまりにも繊細な声。

『……委員長』

たしかに、そう。

「ねぇ！　今、何か聞こえなかった⁉」

慌てて立ち上がり、みんなに声をかけるけど、全員がきょとんとした顔でこちらを見ただけだった。

ということは、この中の誰かが私を呼んだわけではない。

たぶん、女の人の声だった。

なんとなく、低くはなかった気がするから。

「な、何かって……〈あの子〉の音？」

桜ちゃんが、不安そうに尋ねてくる。

違う。

その声は、たしかに『委員長』と私を呼んだ。

「ううん……たぶん違う。……ごめん、気のせいだったかも」

「なんだよ……焦らせんじゃねぇ」

はぁ、という悠人くんのため息を最後に、またみんなの口は閉じた。

けど、その沈黙は、今度は長く続かなかった。

ザザッ……。

「えっ⁉」

校内放送の、ノイズ。

今度は幻聴なんかじゃない。

聞こえる。

みんなにも聞こえたみたいで、全員がスピーカーに注目している。

どうして？

今は誰も何もしていなくて……みんなここにいるのに。

何を知らせるの？

『はいはーい。今回は早かったね。桜ちゃんが、たった今ご逝去なされました。死亡者数三人、クリア……あぁいや、わかるよね、たぶん。それじゃあ、気をつけて～』

段々適当になっていく放送に、みんながみんな唖然とする。

……桜ちゃん？

なんで？　今、ここにいるのに？

……え？

桜ちゃんが……死んだ……？

放送が嘘なんて……言わないよね。

じゃあ……ここにいる桜ちゃんは、誰？

「あーあ。もーちょっと生きててほしかったのになぁ。散々、加減しとけって言ったのに……知力ないから仕方ないかぁ」

ぼそ、と、桜ちゃん……の姿をした、何かが呟く。

何か？

いや……違う。

〈この子〉しかいない。

この桜ちゃんは……〈この子〉だったんだ。

早く逃げなきゃ、〈あの子〉が……来る……！

「あはは。みんなびっくりしてる。もうちょいで〈あの子〉を呼べたのにさ。桜サンって子が死んじゃったからバレちゃったよ」

にっこりと微笑む桜ちゃんの姿をした〈この子〉。

私を含む全員が同じことを考えたのだろう、じりじりと後ずさりした。

逃げなければ……。

タイミングをうかがっていると、ふと〈この子〉が目を細めた。

そして、右手の人差し指を立てて口元に当てる。

「……あのね。ちょっと、秘密を教えてあげる」

「……え？」

〈この子〉の言葉に、後ずさりしていた誰もが足を止める。

……秘密？

それは……ここから抜け出すのに必要なもの？

……うん。

〈あの子〉が来るまでの時間稼ぎ……かもしれない。

でも、気になる。

もしかしたら……という思いが、私たちをこの場に引き留める。

「あたしはね、〈あの子〉とは違うんだよ。あたしは一回目……えっと、あの佐久間先輩をいじめてたっていう五人をここに閉じ込めた時は、いなかったんだぁ。あたしが来たのはそのあと。それまでは〈あの子〉しかいなかったんだけど、あたしも本名で呼ばれるわけにもいかないでしょ？　だから、〈あの子〉と〈この子〉って名前をね、貰ったの。佐久間先輩に」

嬉々として話し出す〈この子〉に、どうすればいいのかわからなくなってくる。

このまま話を聞くべき……？

逃げるべき？

最初からいた〈あの子〉と、今回から現れた〈この子〉。

……。

本名？

本名……ってことは……もしかして、人間？

いや……佐久間さんと同じく、幽霊って考えたほうがいいかな。

「ちなみに〈あの子〉ってのは、佐久間先輩の分身なんだよ。佐久間先輩はこのゲームを動かさなきゃいけないからね、追いかけてる暇ないし。あたしは佐久間先輩から人に化ける能力を貰ってさ、こーして協力してるんだ～。あたしってば、死ぬ時なんにも計画せずに死んだから。能力も何もなかったんだよねぇ」

……。

話がぶっ飛びすぎている。

死ぬ時に計画？

能力を貰った？

佐久間さんの分身……？

「まぁ、だから〈あの子〉には知力がないんだけどね。佐久間先輩もすべてを分けてあげることができないから、目が見えなかったり同じことしか言えなかったりね。あ、〈あの子〉が喋る時って誰か人間を見つけた時だけなんだよ」

ぺらぺらと、いろいろなことを話す〈この子〉。

こんなにいろいろなこと、喋っていいの？

〈あの子〉が人間を見つけた時にだけ喋る、とか、私たちが知らなかったら鉢合わせて死ぬ確率が高くなるのに。

どうして〈この子〉は、私たちの死ぬ確率を低くするようなことまで……？

何を考えて言っているのかがまったくもってわからない。

そっちに不利になるだけじゃないの？

私たちとしてはありがたいけど……。

こんなに簡単に喋られると、罠《わな》なんじゃないかと疑いたくなる。

「佐久間先輩に死ぬまでの記憶も少し共有してもらって、桜サンとか、みんなの性格も知って……。真似するの、結構大変だったんだよ〜。しかも悠人サンに化けた時、芽衣サン見破ったでしょ？　どうやったのか気になるところだけど〜」

「な……てめぇ、俺にも化けてたのかよ⁉」

「んー？　うん、そーだよ〜でもバレちゃったから誰も殺せなかった」

「……」

あれは……。

『何？』って聞いて、『人間』って、返ってこなかったから。

だから、わかったんだ……。

「他にもいっぱい化けたよー？　……とくに、君とはよく会ったよ」

どこか含みのある言い方で、〈この子〉は狛くんを指さした。

……あれ？

おかしくない？

だって狛くん……私と会った時、歩にしか会っていないって……。

「……会ったな。というか、ここまで君と君としか話してない」

チラリと私を見ながら言った狛くん。

たぶん片方の君が〈この子〉で、もう片方が私。

……え。

それ、狛くん見破っていたってことじゃ……。

「……ふぅん。なんだ、君がそれ持ってたのかぁ。……たしか、配膳室のぬいぐるみに入れといたと思ったんだけど、いつ取ったの？」

「さぁ？　なんかあったから適当にさわってたら破けた。そしたら出てきただけ」

狛くんがポケットから一つの光る石ころのようなものを取り出して左右に振った。

……あ！

そういえば、悠人くんの姿をした〈この子〉に騙された時……。

再び配膳室に戻ったけど、そこにあったのは破けた空のぬいぐるみだった。

あれ、狛くんが取っていったんだ……！

でも、その石に何があるんだろう？

「……それ、この紙に書かれているものかしら」

何かに気づいたように、朱里さんがポケットから紙を取り出した。

朱里さんたちが探した、四階付近で見つけたものだろう。

「【この子の存在は、光が教えてくれる】。もしかしてその石……」

「……。たぶん、それだな。会う人会う人、とりあえず人に会うたびに光る。……が、芽衣、君と会った時は光らなかった。だから君と行動するのは危険かと思った……けど、ここで全員が集まったことで、答えは出た。俺がここに来た時は悠人、芽衣、俺しかいなくて、その時は石が光らなかった。けど……君……いや、〈この子〉か。桜って子の姿をした〈この子〉が来てから、光り出した……。つまり、反応するのは一人のみ。そいつが何か秘密を隠してる……ってな」

淡々とここに来てから今までのこと、そしてその石の秘密を暴いたわけを話す狛くんに、誰もが聞き入る。

そして私は、初めて狛くんの笑う顔を見た。

口角を少し上げて、まるでイタズラを思いついた子供みたいに意地の悪い笑い方。

いつも飄々《ひょうひょう》としていた彼からは想像がつかないその顔を、私はただ追いつかない頭を必死に回しながら食い入るように見つめることしかできなかった。

「……そっかぁ。紙と石、一緒の人に渡らないようにしようと思ってたんだけど。渡らなくても気づかれるとは思わなかったなぁ。君、やっぱり頭の回転が早いね……」

「……お前の負けだ。ここに呼ぶ人選、間違えたな」

「そうかもね。だって、まさか〈あの子〉にメトロノーム投げるなんて思わなかったんだもん。君の性格はよく知ってるし、あんまり怖がらない人だってことはわかってるつもりだったんだけど……。ここまでとはね、さすがの私でもわからないよ」

その言葉に、またもや引っかかりを覚える。

さっきの桜ちゃんの言葉は、たぶん見張りと称して〈あの子〉を呼ぼうとしていたから代わらないと言ったんだろう。

桜ちゃん本人だったら言わないであろう言葉に、私は違和感をいだいたんだと思う。

でも、今は？

『狛くんのことはよく知っている』

たぶん……このフレーズだと思う。

さすがの私、って、佐久間さんの記憶を貰っただけなら狛くんのことは一切知らないはず。

だって、転校してきたんだから。

でも知っているのはなぜ？

それと……。

「もう一つ聞く。俺をここに呼んだ理由はなんだ？」

「……」

狛くんが、よく喋る。

ずっと無表情で、問いかけた時や必要な時くらいしか喋らなかったのに、今は笑ったり、眉をひそめたり、自分から問いかけたり。

今まで皮を被っていたかのようで。

「あはは。ごめんね、喋りすぎちゃったみたい。これ以上は、教えられないよ」

狛くんの問いには答えずに、〈この子〉は目を細めて笑った。

続けて、右手をスッとかざす。

まるで、何かの合図のよう。

ニィッ、と〈この子〉の笑みが深まる。

そして……背後から、聞き慣れた声とともに人影が現れた。

「……あなたの目、ちょーだい？」

「……みんな、逃げて……‼」

狛くんと〈この子〉の話につられて反応が遅くなってしまった私は、私と同じくただ〈あの子〉を見つめて固まっているみんなに、一拍遅れて叫んだ。

それにハッとして全員の足が動く。

ただ、こうなることを予測していたのか、狛くんだけはじっと〈この子〉と〈あの子〉を見ているだけだった。

それにしてもこの距離。

〈あの子〉は足が意外と速い。

逃げきれるの？

こんなに短い距離で……。

「……私が引きつけるわ。みんなは逃げて」

そう、凛《りん》とした声で前に進み出たのは……朱里さん。

もう逃げ出そうとしていた私たちも、思わず足を止めて振り返る。

「何してんだよ！　さっさと逃げるぞ！」

「無理よ！　こんな短い距離で逃げきれやしない！　私の……私のせいで、桜は死んだわ。桜がゲームをクリアできていれば、こうはならなかったかもしれない。だから、今度は私が死ぬわ。桜を守れなかった分、みんなを守る！　佐久間に信じてもらえなかったのは私のせいだから。うまく言葉にできない私のせいだから、せめて最後に行動で示させて」

「……朱里、さん……」

死ぬのは、誰だって怖いだろう。

今にも涙をこぼしそうな目を必死に堪えて〈あの子〉を睨みつける朱里さんは……きれいだと、思った。

佐久間さんが死んだのが、悲しくなかったわけじゃない。

ただ、うまく言葉にできなかっただけで。

伝えるのが、下手だっただけで。

──ザザッ……。

真上のスピーカーからノイズ音が聞こえてくる。

瞬間、スゥ、と〈あの子〉の姿が消えた。

どこに行ったのか、〈この子〉の姿もすでにない。

『……朱里の気持ち、伝わったよ』

穏やかな声音でそう言った佐久間さん。

そして、待ちわびていた言葉が聞こえた。

『……朱里、ゲームクリア』

たったの二文で終えられた放送に、全員が胸を撫でおろす。

逃げ出そうとしていた足を戻して朱里さんに歩み寄ると、堪えきれなくなった涙を流した朱里さんは、その場に座り込んでしまった。

「……朱里さん、言葉じゃなくても、伝わったね」

「……うん……」

「朱里ちゃん、よかったね」

「……うん……！」

私と歩の言葉に、普段の気高い雰囲気は一切ない曇りのない笑顔で頷いた朱里さん。

あとは狛くんだけだ。

れど。

〈この子〉の正体とか、狛くんのこととか、なんかいろいろ気になることはあるけ

そんなこと、実際はどうでもいいんだ。

ただ、ここから出ることに、今は意識を向けよう。

ここに来て、何度したかわからない新たな決意。

とりあえず〈あの子〉に場所が知られている今、いつ来るのかわからないから、早くこの場から離れたほうがいいだろう。

そう思って、朱里さんを立ち上がらせようと手を差し出した、その時だった。

頭の中に直接響くような……さっきも聞いた、あの声が私を呼んだのは。

『……委員長！　後ろ‼』

切羽詰まったようなその声に、とっさに後ろを振り返る。

そして、目を見張って叫んだ。

いや……叫ぶことしかできなかった。

「……悠人くん！　後ろ！　逃げて！」

階段を正面に見て、左の廊下に近いところにいた悠人くん。

「……ちょーだい」

だけどそのすぐ後ろに、どこから現れたのかわからない〈あの子〉が迫っていたの

だから……。

ドンッ！　という、何かが何かを突き飛ばす音。

それが聞こえるまで、私も、みんなも、〈あの子〉に襲われていた悠人くん本人でさえ、一歩も動くことはできなかった。

唯一、二人だけ動いたのは。

「ゆ、う……と……逃げ……」

「歩⁉」

悠人くんをかばった、歩だった。

歩のお腹からは、血で染まった血色の悪い肌色の腕が伸びている。

それが背中から貫通しているのは一目瞭然で。

「……あ……あぁ……」

「何、やって……っやく逃げろよ……！　こっち来んなよ悠人‼」

ふらふらと歩に近づく悠人くんに、歩が怒鳴った。

いつも温厚な歩からは想像できない絶叫。

それだけ……悠人くんを死なせたくないのだと、直感でわかる。

「んで……なんでだよ……俺なんかかばってんじゃねぇよ……」

悠人くんが流した涙が、パタリと地面に落ちる。

全員、まだ逃げていない。

歩を置いてはいけないもん。

でも……もしこれで歩が死んで……他の人まで死んだら？

〈あの子〉に歩と同じくらい近い、悠人くんが殺されたら？

それこそ……歩は無駄に体を張ったことにならないかな。

「……みんな、逃げよう」

声を絞り出して、私はそう言った。

苦しそうな歩の顔が私を見て、ホッとしたように微笑んで。

その顔を見た全員が、ハッとしたように走り出した。

私と、悠人くんを除いて。

「嫌だ……歩を置いていくなら死んだほうがマシだ……！」

「悠人くん！」

「離せ！　お前は逃げろよ！　俺は行かない！」

必死に歩に手を伸ばす悠人くんの腕を掴んでも、振り払われる。

歩はすがるような目で私を見ていた。

その目を見て、私は心を決めた。

「……いい加減にしてよ悠人くん！」

振り払われた右手を、そのまま悠人くんの頬に向けて振り上げた。

パンッと乾いた音が響く。

〈あの子〉でさえも、状況がわかっているかのように今は音を立てない。

その場がしんと静まり返って、私は深呼吸をした。

今の悠人くんは、さっきの私に似ている。

さっきの……狛くんに励まされる前の私に。

自暴自棄になって、もう死んでもいいなんて、ひどいことを考えていた私に！

「……悠人くん。歩は悠人くんを助けたんだから。歩の意思を悠人くんが拒否してどうするの？　悠人くんはそんなに歩の命を無駄にしたいの？」

「そ……れは……」

「歩のこと、大切に思ってるなら。せめて、歩が体を張って、死ぬ覚悟をしてまで守ろうとした命を……守りなさい」

「……」

「……行くよ、悠人くん」

黙った悠人くんの腕を引くと、今度はすんなりとついてくる。

「……歩……悪い……」

声は震えていて、泣いているのがわかるけれど。

俺は生きると、決意したみたいで。

「……芽衣ちゃん、ありがとう。悠人も……ちゃんと生きろよ、俺の分まで」

後ろから聞こえたその声に、私たちは振り向かなかった。

次の瞬間グチャリという音も聞こえてきたけれど、私たちはそれを振り払うように走り出し、決して振り返りはしなかった。

ヒカリ

泣いている悠人くんはまだ走れないだろうと判断した私は、生徒玄関から少し離れた二階の、三年生の教室で身を潜めることにした。

この数分間、悠人くんは一言も言葉を発しない。

隠れている間に、歩が逝去したというアナウンスが流れたけど、悠人くんは膝を抱えたままそれを聞き流した。

でも……数分でアナウンスが流れたということは、その分長く苦しまなかった……ということだ。

そういうふうにいいように捉えていかないと、ここではきっと生きていけない。

「……」

「……」

「……俺さ」

「えっ、あ、うん？」

ずっと口を閉じていた悠人くんがいきなり話しかけてきたから、ついびっくりしてしまった。

私の変な返事に気が回るほどまだ冷静ではないのか、悠人くんはさして気にも留めず、言葉を続けた。

「……今まで、人に簡単に死ねとか言ってたけど……」

「……うん」

たしかに、悠人くんは毒舌だった。

歩以外は極力近づかないようにしていたみたいだし、私もまた、このゲームが始まったあたりでは怖いと思っていたくらい。

「……でもさぁ。実際に死なれると……悲しいんだな。死ね、なんて本心じゃないこと……なんで言えたんだろうな。いくらムカついてても、鬱陶しくても、他に言いたいことなんてたくさんあったはずなのに」

悠人くんの背中が震える。

今までは人の死が身近になくて、その重さがわかっていなくて。

それに気づいた時、言わなきゃよかったって後悔。

「……。今、気づけたんだから、いいんじゃない？　ここから生きて帰れたら、もう死ねって言うのはやめようよ。後悔を先に繋げて生きるのが、人間だと思うから」

「……そうだな。いつまでもぐずぐずしてらんねーよな。ありがとう、芽衣」

「どういたしまして。どう？　もう行ける？」

「……あぁ。集合はエレベーター前だったか？」

「……うん。何かあったら……音楽室って言ってた。みんなで決めた場所は、桜ちゃんの姿をした〈この子〉にも伝わってる。なら石を持ってた狛くんが桜ちゃんには伝えてないであろう音楽室に行かなきゃだよね」

「……なるほど。そういやそんなことも言ってたな……」

「えっ、まさか忘れてたの？」

「……狛ってなんかよくわかんねーし、こんな奴の言うこと覚えとく必要もねーかなーって……」

「……あはは」

たしかに狛くん、何を考えているかわかんないけど。

でも、いい人だよ。

何度も私を救ってくれた、優しい人。

少し苦笑しながら、立ち上がる。

「じゃあ、行こっか？」

言いながら差し出した右手。

それを掴んで、悠人くんも立ち上がった。

その瞬間。

『……委員長』

また、あの声が聞こえてきた。

「……っ、だ、誰？」

『……』

「ねぇ、さっきも〈あの子〉の存在を教えてくれたよね。私にしか聞こえないの？」

「……？　芽衣、誰と話してんだよ」

……やっぱり私にしか聞こえないのかな。

わざわざ名指ししてくるくらいだから、そうじゃないかとは思っていたんだけど。

『私は……』

そこまで言って、声が途切れる。

それから、ぐにゃりと目の前が歪んだ。

「えっ⁉」

「うおっ⁉」

私と悠人くんが、目の前の人物に同時に声を上げる。

私たちの目の前に突如現れた人物……。

「……明美……さん」

『……そう。私は明美よ……』

佐久間さんをいじめていた五人グループの、リーダー的な存在だった……明美さんだった。

『……ごめんなさい。私がいじめなんてしたせいで、巻き込んでしまって。本当に……反省してるわ。死んだあとに反省したって、遅いかもしれないけど』

ふふ、と泣きそうな顔で笑った明美さんに、何も言えなくなる。

「……他の奴はどうした。お前の他に、いじめてた奴……四人いただろ」

『……。全員……いるわ。でも、佐久間にだいぶ力を奪われてるみたいで、ほとんど出てこられないの。私以外は、間接的なのもあるけど、佐久間に殺されたから……ずっと、ここに縛られたまま』

「そんな……」

そんなことになっていたなんて。

明美さんは一応みずから命を絶ったという判定で、出てきやすいようだけど。

それでも、そんなに長くはいられないらしい。

『佐久間は……暴走している。本来の目的は私たち五人を殺すことだけだったはずなのに、今はこうしてあなたたちまで巻き込んでしまった。いじめてた間……ずっと、朱里、桜、歩、悠人、この四人の名前を呼んで、助けを求めていたから、この四人は佐久間にとって大切な人なはずなのに。それでも躊躇なく、そのうちの二人を佐久間は殺してるの』

　いじめていたからこそわかる、佐久間さんの異変……？

　だとしたらどうして？

　佐久間さんはどうして暴走してしまったの？

『このままだと、たぶんこのゲームのあとにまた、誰かを選んでゲームが始まるわ。今回は、私たちの時にはいなかった〈この子〉まで増えていて……次はどうなるかもわからない。だから……あなたたちに佐久間の暴走を止めてほしいの。死んだ私たちにはもうできないから……。何をすれば止まるかなんて、まだわからないけど、少なくとも私が見ていた中で佐久間は一番動揺していたのは委員長の言葉だったわ』

「私の、言葉？」

『そう。佐久間に言ったわよね。『大切な人たち、傷つけてもいいの？』って。その時、動揺してたの』

　そういえば……その後、うるさいって叫ばれた気がする。

　それはもしかして、私に叫んでいたの？

　自分がしていることは絶対に間違っていないって叫んで、私の言葉を振り払っていたとか？

　ということは、多少なりとも佐久間さんに罪悪感はあるわけだ。

『具体的にどうしたらいいか言え、って言われたら何も言えないけど、それでも私はあなたたちに頼みたい。佐久間を……救ってあげて』

「えっ、明美さん‼」

　目を伏せた明美さんは、そのままスぅっと消えてしまった。


「な、なんだったんだよ……」

　悠人くんもさっきまで泣いていたのが嘘のように涙が止まっている。

「佐久間を救うとかなんとか、傷つけたのはどっちだって話だろ……。後始末を俺らに押しつけるとか……ありえねぇ」

「……。でもさ……反省、してたみたいだよね」

「……まあ……。許すとか、んなことできる気なんかしないけど。でもまぁ、佐久間が暴走してるってんなら、止めなくちゃな……。見て見ぬふりしてた、俺にだって責任はある」

「……そうだね。けど、きっとここにいても何もできない気がするから、とりあえず今は生きて帰ろうか」

　そのためには、音楽室に行かないと。

狛くんをクリアさせて、ここから出る。

それが今の目標だから。

そっと教室から出て、すぐ側の階段を駆け上がる。

音楽室に行くことを考えて階段に近い教室に隠れたことが幸いしたのか、思いのほかすんなりと音楽室まで行くことができた。

「……来たわ」

「朱里さん、狛くん！　遅くなってごめんね」

「……」

廊下で二人の姿を見つけた私だけど、少しそれに疑問を感じる。

「えっと……なんで音楽室に入らないの？」

廊下より、音楽室の中のほうが〈あの子〉が来ても見つからない可能性が高いのに。

二人は音楽室のドアを締めきったまま、廊下に立っている。

「……この中には二度と入りたくないわ。桜が襲われたの……ここみたいで」

朱里さんがそう答えたっきり、言いにくそうに口をつぐむ。

桜ちゃん……？

まさか……この中に桜ちゃんの遺体が……？

「あ……じ、じゃあ、狛くんのゲームクリア方法を考えよっか」

もうこれ以上の犠牲者は出したくないから。

あえて暗い話なんかしなくてもいいよね?

今までよりも、これからを考えよう。

「……いや、たぶんそれは考えなくてもいい」

「え?」

ぼそりと呟いた狛くんに首をかしげると、狛くんはふっと笑顔を漏らしながらスピーカーに視線を合わせた。

「なぁ、もういいんだろ? 俺には条件も何もない。お前のことはよく知んないけど、お前の気はすんでるはずだろ。ほら……エンディングだ」

狛くんの言葉に被さるようにして、ザザザ、と今まで何回も聞いてきたノイズが流れる。

まさか、これでいいの?

狛くんは何もしなくても……そっか。

元から何もしていないんだから、何かできるわけがない。

……やっと、待ち望んでいた元の世界に帰れるんだ。

人数は、やってきた時の半分に減ってしまったけど……。

『……生存者、全員ゲームクリア。いいよ、ここから出してあげる』

スピーカーからそう告げられたかと思うと、いきなり目の前が真っ白になる。

あまりの眩しさに閉じそうになっていた目を無理やりこじ開けて前を見て、私は唖然とした。

「ひ……光の……渦？」

光の渦。

そうとしか言い表せないような、摩訶不思議なものが壁にできあがっている。

これが……外に繋がっているの？

「……前回の五人と同様に行方不明になっているだろうことを考えると、きっと戻ってきた私たちには質問攻めが待っているんでしょうね。下手なことも言えないし、帰る前に決めておきましょうか」

……たしかに、絶対警察沙汰になっているよね。

呪い、だなんて信じてくれそうもないし。

「もういっそ、恐怖とショックから記憶が曖昧になっててよくわからない、でいいんじゃねーの」

「……多少の演技は必要ね」

「じゃあ、目の前で友達をなくして、記憶も曖昧に……ってことでいい？」

「……まあ、記憶はあるけど、あらかた嘘じゃないしな」

「そうしましょうか」

「狛くんも。いい？」

「……。あぁ」

とりあえずこれからのことを少し決めて、みんなで光の渦の前に立つ。

「……」

本当にこれで出られるのか……。

その不安が、少なからずと胸をよぎる。

「……俺が、最初に行く」

心を決めた様子の悠人くんが、前へ進み出た。

そして、光の渦に思いっきり手を突っ込んだ。

「……大丈夫……みたいだな」

どうやら先には空間があるらしく、突っ込んだ手先は見えないけど、痛みなどはないようだ。

簡単に手を引き抜くこともできるし、とりあえずはまた変なところへ送られて戻ってくることすらできない……なんてことはないみたい。

「……じゃあ……行くぞ」

その言葉とともに、悠人くんは光の渦へ足を踏み出した。

光の渦に触れたところから、悠人くんの体が見えなくなっていく。

まるで吸い込まれたかのように、悠人くんは光の渦に消えていった。

「……じゃあ次は、私が行くわ」

朱里さんがあとに続いて、光の渦に姿を消す。

残りは私と狛くんだけ。

「えと……どっちが先に行く？」

「は？　……君が行けば」

「……うん。じゃあそうする……」

ごくり、と唾を飲み込んで、光の渦に手を伸ばす。

大丈夫。

きっと帰れる。

その思いを胸に、光の渦に勢いよく飛び込んだ。

ガタン‼

「……いったぁ⁉」

目を瞑っていたからか、目の前の何かにぶつかる。

目を開けると、それは机で。

……机？　教室？

どうして？　まさか、出られていないの？

「芽衣、外を見てみろよ」

キョロキョロしていた私は悠人くんの声でやっと窓の外を見て、なんとも言えない安心感で包まれた。

……太陽だ。

外が明るい。

今は……昼間だったんだ。

どうりで机とかが見やすいと思ったよ……。

「私たち……出られたみたいね」

「うん……！」

笑顔で振り返ると、そこにはこれまた笑顔の悠人くんと朱里さんがいる。

その後ろ手に、光の渦が小さくなっていくのが見えた。

「……あ、光の渦が……」

消える。

そう思った瞬間、あることに気がついた。

「……ねえ、狛くんは？」

「あ？　……あれ？　なんでいねーんだ？」

「ちょ、ちょっと待ってよ！　狛くんは⁉　ねえ‼」

慌てて光の渦に叫ぶけど、その声が届く前に渦は消えてしまった。

どういうこと……？

どうして……。

「誰かいるのか‼」

バタバタと何かが駆けてくる音がして思わず身構えるけど、男の人の声だったし、ここには〈あの子〉もいないはずだと苦笑が漏れる。

「警察だ！　動くな……って、君たちは……」

私たちを見た警察官の顔色が変わる。

すぐにトランシーバーのような、よくわからないけど何か通信機器を取り出して、他の人に連絡をしていた。

「行方不明だった子供たちを発見‼　生存確認‼」

まさか見つかるとは思っていなかったのだろう……。若干声が裏返っていた気がしたけど、すぐに駆けつけたたくさんの警察官によって、その場はあっという間に騒がしくなった。

ソトノセカイ

「芽衣」

「あ、朱里！」

あれから、もう一ヶ月がたとうとしている。

警察に根掘り葉掘り聞かれたけど、それでも何も覚えていないと押し通して。

なんとか警察が諦めるまで知らぬ存ぜぬを突き通した。

真実を知っている私たち三人は自然と一緒に行動することも多くなって、つい一週間ほど前に再開された学校でも、だいたい三人はくっついていることが多い。

おかげで呼び方も呼び捨てである。

「学校が再開して一週間……やっと日常らしい日常が戻ってきた感じがするわね」

「うん……最初は先生にも友達にも心配されすぎてて、騒がしくて授業にもならなかったもん」

私たちの性格は別に臆病になったわけでも、まわりをつねに警戒するようになったわけでもなく、何も変わらない。

ただ、一つだけ変わったことがあって……。

「芽衣、朱里、勉強教えろ！　ここわかんねーんだよ」

「はぁ？　悠人、あんた昨日もここわかんないって言って教えてあげたじゃない。学習しなさいよ」

「まあまあ……悠人が勉強する気になっただけ成長だよ」

「芽衣、そこはかとなくバカにされてる気がするのは気のせいか？」

「あれ、バレた？」

「……」

そう、悠人くん……もとい、悠人の性格。

いや、本質的には変わっていないんだろうけど。

今までずっとサボってきた勉強をやったり、私たちと積極的に話したり。

前まであった寄せつけない雰囲気がなくなった。

よく笑うし、毒を吐くことも一切しなくなったのだ。

私たち以外のクラスメイトも、少しずつ悠人に話しかけるようになったし。

「だからー、ここはこうだって言ってるでしょ？　あんたって本当にバカよね」

「うっせー。今までやってなかった分だよ」

「……やってなかったのがバカなのよ」

「あ、そこ、計算間違ってるよ」

「えっ」

「はあ……まったく、しょうがないわね」

……いや、朱里も変わった……のかな。

冷たくてクールだった朱里も、最近では優しい顔をするようになったし、冗談もよく言うようになった。

私も、自分自身では気づいていないだけで、じつは何かが変わったのかもしれない。

「おーっ解けた！　やっぱ教えるのうまいわ、お前ら！」

「それはどうも。誰かさんに毎日勉強会をせがまれてるから当然よね」

「うっ……それは……」

口ごもる悠人を見て、笑って。

いつの間にか悠人も笑顔になって、三人で笑い合う。

いつも、こんな感じ。

「……そーいえばだけど……。狛って……どうしたんだろうな」

唐突にそう呟いた悠人に、思わずピクリと反応してしまう。

……狛くん。

結局あのあと、狛くんだけは帰ってくることがなかった。

遺体も見つかっていない。

つまり、死んではいない……と思うんだけど。

なんの音沙汰もなく……存在自体が、消えているのだ。

事件の直後、警察官に聞いた。

『あの……行方不明になったのは、私を含めて八人……ですよね？』

『――いいや、君を含めて七人だよ』

警察官が挙げた私たちの名前に、狛くんは含まれていなかった。

警官からは何か大きなショックを受けたかして記憶が混濁しているのだろう、と言われたけど、そうじゃない。

たしかに狛くんは私だけじゃなくて、朱里や悠人の記憶にも存在している。

だけど、誰に聞いても狛くんのことを知る人はいなくて。

「狛くんって……何者だったんだろう」

考えれば考えるほど、疑問は増えるばかりだった。

「何～？　三人で狛くんの話？」

「うん……」

「狛くんって格好いいよね〜！　勉強もできて運動神経もよくて、超クール！　もう最高〜」

「うん……え？」

私たちの会話に入ってきたクラスメイトの女子の言葉に、顔を上げる。

……狛くん？

今、狛くんって言った？

「こ、狛くんのこと、覚えてるの⁉」

「え？　覚えてるって……当たり前じゃん。同じクラスだし、人気者だし……知らないほうがおかしいでしょ？」

「人気者……勉強できて運動も……？」

知らない。

そんなこと、知らない。

だって勉強も運動も、する前にあそこに閉じ込められてしまって。

狛くんは存在が消されてしまったのに。

私、朱里、悠人は顔を見合わせる。

「……どういうことなの？　存在は……消えてたはずよね」

「……わからない。……ね、ねぇ、狛くんって、私たちが行方不明になってる間……

「この学校にいた?」

「うん？　みんなが行方不明になってる時は学校休みだったけど……でも、その前日に引っ越してきたよね？　学校再開してからずっといるじゃん。変なの～」

「……」

笑いながら答える彼女に、何も言えなくなった。

違う……ついさっきまで狛くんは存在していなかった。

それが一転、存在していたことになっている……？

「おい、狛は今どこにいる!?」

「ひゃあ!?　な、何、いきなり」

「いいから教えろ‼」

「さ、さっき向こうで見かけたけど……」

悠人に怒鳴られて女子が小さく指を廊下の奥に向けた姿を見て、私たち三人は一斉に駆け出す。

狛くんがいるのなら、聞けば、すべてがわかるかもしれない。

廊下を全力疾走して、前方にそれらしき人を見つける。

暗闇の中の背中しか覚えていないけれど、あれは間違いなく狛くんだ。

なぜか、そんな確信があった。

「狛くん‼」

肩で息をしながら声を張り上げると、その背中はぴたりと歩みを止めた。

やっぱり……狛くんだ。

振り返ったその顔を、見間違えるはずもない。

「狛……お前、今までどこに……」

「……俺は」

悠人の声を遮って狛くんが言う。

「俺は……また転校して、前の学校に戻る」

「……は？」

「……」

それだけ言って踵《きびす》を返そうとする狛くんを、とっさに引き留める。

「……狛くん‼」

何を言おうと思ったわけじゃない。

けど、勝手に言葉が口をついたみたいに、私の口は動いた。

「狛くん……この呪いを止める方法、教えてよ」

すでに私たちに背を向けていた狛くんが、チラリと視線だけでこちらを向いた。

そして、すっと目を細めて口を歪めて。

「止めたいのなら……来いよ。デッドカースはまだ終わっていない」

そうして再び歩き出した狛くんを追いかけることはできなかった。

最後の言葉、その声音には、何か私たちに希望を持っているような……そんな響きが含まれている気がして。

「……行くしかないみたいね」

朱里もそれを感じ取ったのか、ポツリとそう呟いた。

END.

あとがき

こんにちは。はじめまして。夜霧美彩です。

まずは、今これを読んでくださっているあなたへ。本当にありがとう！　たくさんの本の中から、この「わたしはみんなに殺された～死者の呪い～」を見つけてくださったこと。手に取って私の世界に足を踏み入れてくださったこと。全部全部、うれしいです。

続きは野いちごのサイトにて執筆中ですので、気になる方は、ぜひお越しください。

それにしても、初の書籍化作品で野いちご文庫のブラックレーベルの第一弾に選んでいただけるだなんて、なんて贅沢。こんなにうれしい出来事に巡り合えるなんて。小説を書いていてよかったなぁと、改めて思いました。

もしも、これを読んでいるあなたが、私も小説を書いてみたいな、なんて思っていたら、迷わないで書いてみてください。小説を書くこと以外に何かにチャレンジしたい気持ちがあるなら、捨てないで大切にしてあげてください。その気持ちはきっといつか、かけがえのない経験をくれるから。

私も、諦めません。やらなきゃいけないことに追われて忘れかけていた、やりたくてたまらないこと。今からでも、間に合うはずです。まだまだこれからなんだから。

さて、高校生たちを取り巻く呪いのお話は、いかがでしたでしょうか？
私は小説を読むと、ジャンルを問わず大抵、好きな人……いわゆる、推しキャラというものができるのですが。みなさんには、できましたか？　あのシーンは共感できた。あの人は格好よかった……。そんなふうに、本書の登場人物が読んでくださったみなさんの世界に受け入れられていたら、うれしいです。

本書の書籍化にあたり、初めての経験に戸惑う私を優しくサポートしてくださった、担当の長井さん、編集の酒井さん。表紙から中身に至るまで素敵なイラストで彩ってくださった、榎のとさん。その他、本作に携わってくださったスターツ出版のみなさま。本当に、ありがとうございました！　今回の貴重な経験を通して新しい世界に足を踏み入れたことで、またたくさんのインスピレーションが押し寄せてきています。早く、私の中から解き放ちたい！　今、そんな気持ちでいっぱいです。
それでは、いつか、また会える日を願って。ありがとうございました！

二〇一八年十一月二十五日　夜霧 美彩

この物語はフィクションです。実在の人物、団体等とは一切関係がありません。

夜霧 美彩先生への
ファンレター宛先

〒104-0031 東京都中央区京橋1-3-1 八重洲口大栄ビル7F
スターツ出版（株） 書籍編集部気付 夜霧 美彩先生

わたしはみんなに殺された〜死者の呪い〜

2018年11月25日 初版第1刷発行

著者 夜霧 美彩 ©Miaya Yagiri 2018

発行人 松島滋

イラスト 榎のと

デザイン カバー 黒門ビリー&フラミンゴスタジオ
フォーマット 齋藤知恵子

DTP 朝日メディアインターナショナル株式会社

編集 長井泉 酒井久美子

発行所 スターツ出版株式会社
〒104-0031
東京都中央区京橋1-3-1 八重洲口大栄ビル7F
TEL 販売部03-6202-0386（ご注文等に関するお問い合わせ）
https://starts-pub.jp/

印刷所 共同印刷株式会社
Printed in Japan

乱丁・落丁などの不良品はお取り替えいたします。
上記販売部までお問い合わせください。
本書を無断で複写することは、著作権法により禁じられています。
定価はカバーに記載されています。
ISBN 978-4-8137-0575-8 C0193

ケータイ小説文庫　好評の既刊

『復讐日記』西羽咲《にしわざき》花月《かつき》・著

17歳の彩愛は、高校中退の原因を作った元彼の剛を死ぬほど恨んでいた。ある日、親友の花音から恨んでいる人に復讐できるという日記帳を手渡される。半信半疑で日記を書きはじめる彩愛。すると、彩愛のまわりで事件が起こりはじめ、彩愛は取り憑かれたように日記へとハマっていくのだった…。

ISBN978-4-8137-0556-7
定価：本体570円＋税

ブラックレーベル

『新装版 イジメ返し～復讐の連鎖・はじまり～』なぁな・著

女子高に通う楓子は些細なことが原因で、クラスの派手なグループからひどいイジメを受けている。暴力と精神的な苦しみにより、絶望的な気持ちで毎日を送る楓子。ある日、小学校の時の同級生・カンナが転校してきて“イジメ返し”を提案する。楓子は彼女と一緒に復讐を始めるが…？

ISBN978-4-8137-0536-9
定価：本体590円＋税

ブラックレーベル

『恋愛禁止』西羽咲《にしわざき》花月《かつき》・著

ツムギと彼氏の竜季は、高校入学をきっかけに寮生活をスタートさせる。ところが、その寮には『寮生同士が付き合うと呪われる』という噂があって…。噂を無視して付き合い続けるツムギと竜季を襲う、数々の恐怖と怪現象。２人は別れを決意するけど、呪いの正体を探るために動き出すのだった。

ISBN978-4-8137-0462-1
定価：本体570円＋税

ブラックレーベル

『キミが死ぬまで、あと5日』西羽咲《にしわざき》花月《かつき》・著

高２のイズミの同級生が謎の死を遂げる。その原因が、学生を中心に流行っている人気の呟きサイトから拡散されてきた動画にあることを友人のリナから聞き、イズミたちは動画に隠された秘密を探りに行く。だけど、高校生たちは次々と死んでいき…。イズミたちは死の連鎖を止められるのか⁉

ISBN978-4-8137-0427-0
定価：本体580円＋税

ブラックレーベル

ケータイ小説文庫　好評の既刊

『イジメ返し　恐怖の復讐劇』なぁな・著

正義感の強い優亜は、いじめられていた子を助けたことがきっかけでイジメの標的になってしまう。優亜への仕打ちはどんどんひどくなるけれど、担任は見て見ぬフリ。親友も、優亜をかばったせいで不登校になってしまう。孤立し絶望した優亜は、隣のクラスのカンナに“イジメ返し”を提案され…？

ISBN978-4-8137-0373-0
定価：本体 590 円＋税

ブラックレーベル

『神様、私を消さないで』いぬじゅん・著

中２の結愛は父とともに永神村に引っ越してきた。同じく転校生の大和とともに、永神神社の秋祭りに参加するための儀式をやることになるが、不気味な儀式に不安を覚えた結愛と大和はいろいろ調べるうちに、恐ろしい秘密を知って……？大人気作家・いぬじゅんの書き下ろしホラー‼

ISBN978-4-8137-0340-2
定価：本体 550 円＋税

ブラックレーベル

『自殺カタログ』西羽咲花月《にしわざきかつき》・著

同級生からのイジメに耐えかね、自殺を図ろうとした高２の芽衣。ところが、突然現れた謎の男に【自殺カタログ】を手渡され思いとどまる。このカタログを使えば、自殺と見せかけて人を殺せる。つまり、イジメのメンバーに復讐できることに気づいたのだ。１人の女子高生の復讐ゲームの結末は⁉

ISBN978-4-8137-0307-5
定価：本体 590 円＋税

ブラックレーベル

『爆発まで残り５分となりました』棚谷《たなや》あか乃《の》・著

中学の卒業式をひかえた夏仍たちのまわりで、学校が爆発する事件が立て続きに起こる。そして、不可解な出来事に巻き込まれながら迎えた卒業式。アナウンスから流れてきたのは、「教室を爆発する」というメッセージだった…。中学生たちの生き残りをかけたデス・ゲームが、今はじまる。

ISBN978-4-8137-0275-7
定価：本体 600 円＋税

ブラックレーベル

ケータイ小説文庫　好評の既刊

『彼に殺されたあたしの体』西羽咲花月《にしわざきかつき》・著

あたしは、それなりに楽しい日々を送る一見普通の高校生。ところが、平凡な毎日が一転する。気づけば…あたしを埋める彼を身動きせずに見ていたのだった。そして今は、真っ暗な土の中で、誰かがあたしを見つけてくれるのを待っていた。なぜ、こんなことになったの？ 恐ろしくて切ない新感覚ホラー作品が登場！

ISBN978-4-8137-0242-9
定価：本体 560 円＋税

ブラックレーベル

『トモダチ崩壊教室』なぁな・著

高２の咲良は中学でいじめられた経験から、二度と同じ目に遭いたくないと、異常にスクールカーストにこだわっていた。１年の時に仲良しだった美琴とクラスが離れたことをきっかけに、カースト上位を目指し、騙し騙されながらも周りを蹴落としていくが…？　大人気作家なぁなが贈る絶叫ホラー‼

ISBN978-4-8137-0227-6
定価：本体 590 円＋税

ブラックレーベル

『感染学校』西羽咲花月《にしわざきかつき》・著

愛莉の同級生が自殺してから、自殺＆殺人衝動を持った生徒が続出。ところが突然、生徒と教師は校内に閉じ込められてしまう。やがて愛莉たちは、校内に「殺人ウイルス」が蔓延していることを突き止めるが、すでに校内は血の海と化していて…。感染を避け、脱出を試みる愛莉たち。果たしてその運命は⁉

ISBN978-4-8137-0188-0
定価：本体 590 円＋税

ブラックレーベル

『死んでもずっと友達だよ』神田翔太《かんだしょうた》・著

女子高生・夏希が自殺をした。しかし数日後、夏希の友達でグループチャットのメンバーでもある香澄たちのもとに、死んだはずの夏希からメッセージが届くように…。さらに、夏希に誘われるようにメンバーが次々と自ら命を落としていく。夏希が友達を道連れにする理由を突き止めた香澄だったが⁉

ISBN978-4-8137-0176-7
定価：本体 550 円＋税

ブラックレーベル

ケータイ小説文庫　好評の既刊

『かくれんぼ、しよ？』白星《しろほし》ナガレ・著

「鬼が住む」と噂される夕霧山で、１人の女子高生が行方不明になった。ユウイチは幼なじみのマコトとミクと女子生徒を探しに夕霧山へ行くが、３人が迷い込んだのは「地図から消えた村」で、さらに彼らを待ち受けていたのは、人を食べる鬼だった…。ユウイチたちは、夕霧山から脱出できるのか⁉

ISBN978-4-8137-0164-4
定価：本体 570 円＋税

ブラックレーベル

『テクサレバナ』一ノ《いちの》瀬《せ》紬《つむぎ》・著

中学のときにイジメられていた千裕は、高校でもクラスメートからバカにされ、先生や親からは説教されていた。誰よりも頑張っているのに、どうして俺の人生はうまく行かないのか。すべてが憎い。そんなある日、手腐花<テクサレバナ>に触れると呪いをかけられると知り、千裕の呪いは爆発する。

ISBN978-4-8137-0152-1
定価：本体 570 円＋税

ブラックレーベル

『鏡《キョウ》怪《カイ》潜《セン》』ウェルザード・著

菜月が通う高校には、3つの怪談話がある。その中で一番有名なのは、「鏡の中のキリコ」。ある日、人気者だった片桐が突然首を切られて死んだ。騒然とする中、菜月は友達の咲良とトイレの鏡の奥に、“キリコ”がいるのに気づいてしまって…？「カラダ探し」のウェルザード待望の新作‼

ISBN978-4-8137-0140-8
定価：本体 580 円＋税

ブラックレーベル

『絶対絶命！死のバトル』未《み》輝《き》乃《の》・著

高１の道香は、『ゲームに勝つと1億円が稼げる』というバイトに応募する。全国から集められた 500 人以上の同級生とともにゲーム会場へと連れていかれた道香たちを待ち受けていたのは、負けチームが首を取られるという『首取りゲーム』だった…。１億円を手にするのは、首を取られるのは…誰⁉

ISBN978-4-8137-0127-9
定価：本体 580 円＋税

ブラックレーベル

ケータイ小説文庫　好評の既刊

『絶叫脱出ゲーム』西羽咲花月《にしわざきかつき》・著

高１の朱里が暮らす【mother】の住民は、体内のICチップで全行動を監視されていた。ある日、朱里と彼氏の翔吾たちは【mother】のルールを破り、【奴隷部屋】に入れられる。失敗すれば命を奪われるが、いくつもの謎を解きながら脱出を試みる朱里たち。生死をかけた脱出ゲームが、今はじまる！

ISBN978-4-8137-0115-6
定価：本体 570 円＋税

ブラックレーベル

『カ・ン・シ・カメラ』西羽咲花月《にしわざきかつき》・著

彼氏の楓が大好きすぎる高3の純白。だけど、楓はシスコンで、妹の存在は純白をイラつかせていた。自分だけを見てほしい。楓をもっと知りたい。そんな思いがエスカレートして、純白は楓の家に隠しカメラをセットする。そこに映っていたのは、楓に殺されていく少女たちだった。そして混乱する純白の前に現れたのは……。衝撃の展開が次々に押し寄せる驚愕のサスペンス・ホラー。

ISBN978-4-8137-0064-7
定価：本体 580 円＋税

ブラックレーベル

『遊園地は眠らない』いぬじゅん・著

高２の咲弥は、いつの間にかクラスメイト６人とともに古びた遊園地にいた。不気味な雰囲気の中、咲弥たちはリニューアルを記念した現金争奪戦に参加することになってしまう。ルールはカードに記されている全部の乗り物にのり、スタンプを集めるだけ。咲弥たちはクリアを目指すけれど…？

ISBN978-4-8137-0041-8
定価：本体 580 円＋税

ブラックレーベル

『ねがい』ウェルザード・著

中３の菜々はある日、19時19分、音楽室の前から生徒玄関へと歩けば願いが叶うというおまじないを、友達の彩乃から知らされる。彩乃は１回目をすでに成功させていて、新たな願いを叶えるために２回目を行うが、おまじないには恐ろしい秘密があって…!?　大人気作家ウェルザードの待望の最新作!!

ISBN978-4-8137-0011-1
定価：本体 570 円＋税

ブラックレーベル

書店店頭にご希望の本がない場合は、
書店にてご注文いただけます。